船停泊在港湾里是最安全的，但那不是建造它的意义。

台北基隆港，这是我和邮轮结缘的第一天，是正式登船的第一天。烟雨蒙蒙，我从酒店的窗户望去，黄金公主号就这样停着，和港口的大巴车相比，是那样巨大。

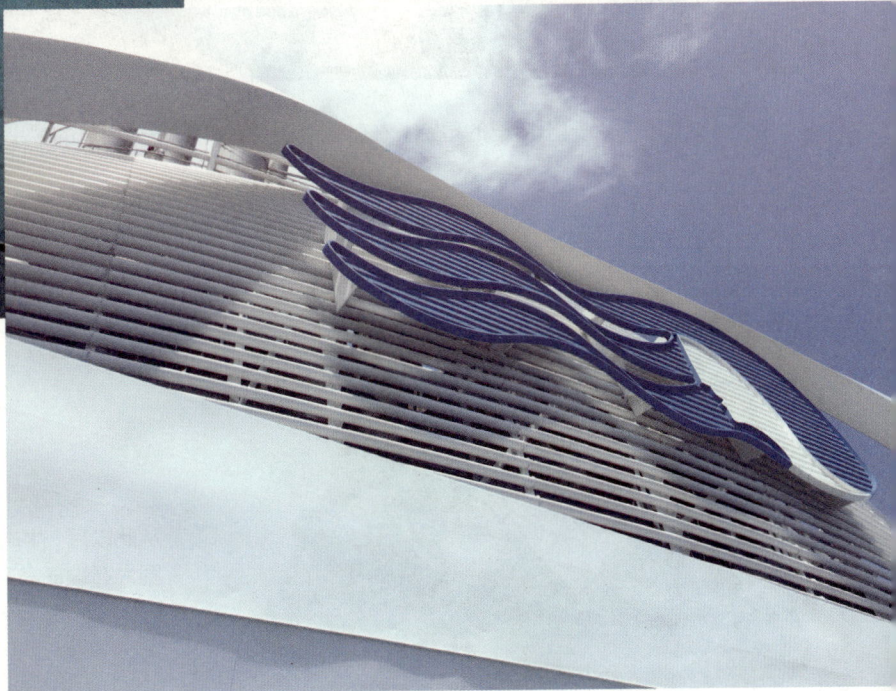

公主邮轮公司的 LOGO 非常诗意，公主飘扬的长发如海洋的波涛。

每个人，都有一片属于自己的星空。在韩国釜山，我找到属于自己的"小王子"。

从此以后，牛肉我只吃五分熟的，图为石垣岛岛产牛肉。

因为电影《蜘蛛侠》的拍摄，带火了神户，神户牛肉也成了游客的必打卡。神户南京町有着牛肉一条街，我和珂随意找了一家。

邮轮停靠长崎港，戴上草帽，背上背包，对于船员而言，每一次下港游玩的机会都要特别珍惜。

影像长廊，邮轮摄影师们售卖照片的地方，工作时段不可拍照，这是利用休息时间，偷偷拍下的一张。

"每次当我推开窗，看到悉尼歌剧院就在眼前的时候，我觉得这就是世界上最好的工作。"月亮小姐说。

游客都下船了，甲板也迎来了难得的安静时光。

晴朗的天气里，大海上的日出日落总能吸引游客拍照留念。

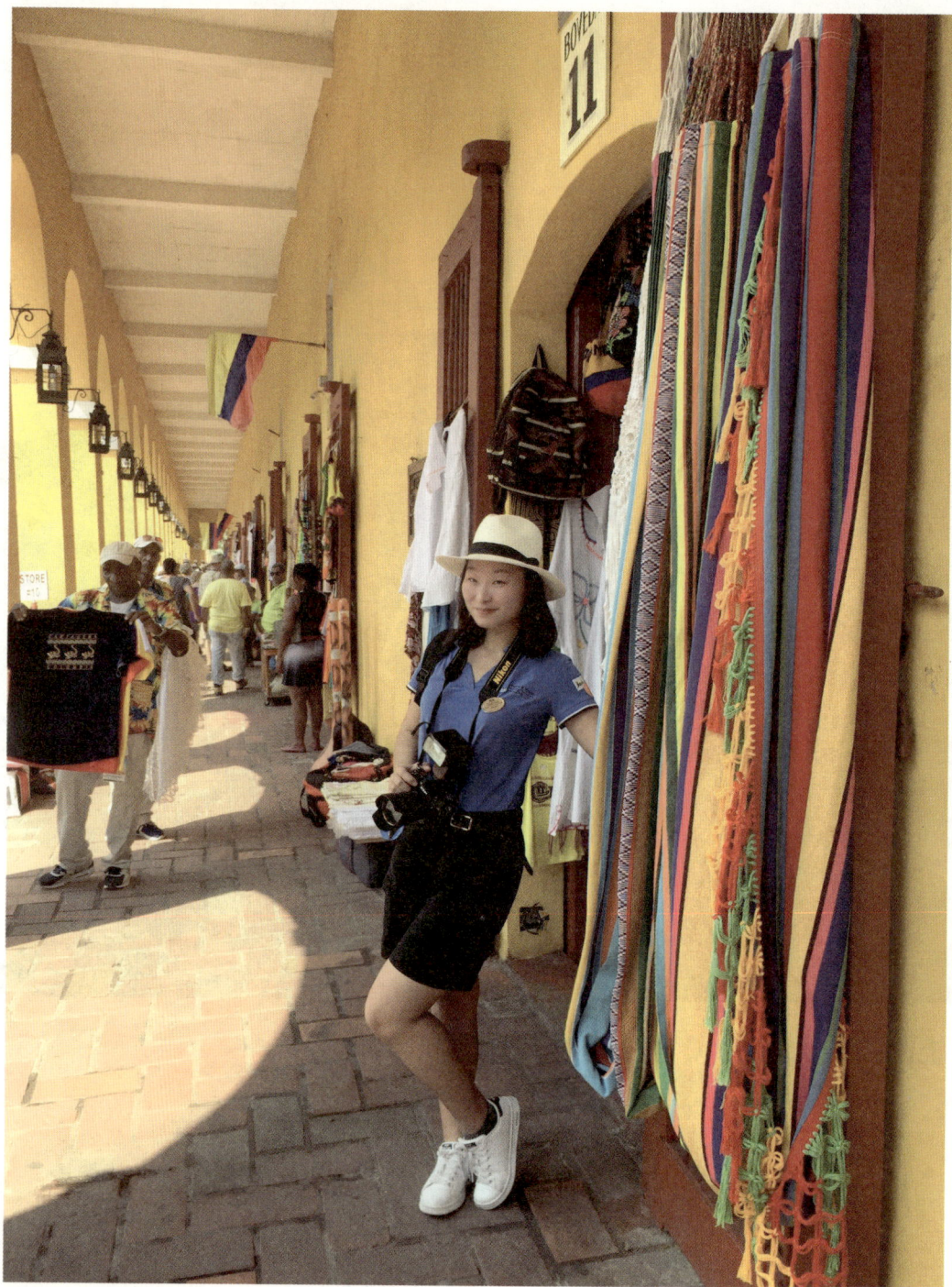

在邮轮工作的第一个月，练出了肌肉，增进了食量，长胖了 6 斤。不过，一回国，就瘦回来了。

Platinum Booking Chart

Name	# Bookings	Canceled/No Show	时间段N/S未出行	
Xingye Li	3	1		$150.00
Felmar Pesado	1	1		
Nappol Alinsod	0			
Songying Xu	4			$5,468.00
Gareth Ian Grafil	1		1	
Bob D. bigueras	0			
Huan Xu	2	2		
Marita Bosman	2	1		$540.00
Chaowei Luo	2	2		
	14	7	1	$6,157.50

AMAZING SONGYING！

白金影像订单最辉煌的一次，一个人的订单收益接近一个航程的指标。

公司和员工的铭牌，统一要佩戴在左胸。

正在甲板上为邮轮乘客拍摄
夕阳风景照的埃德加。

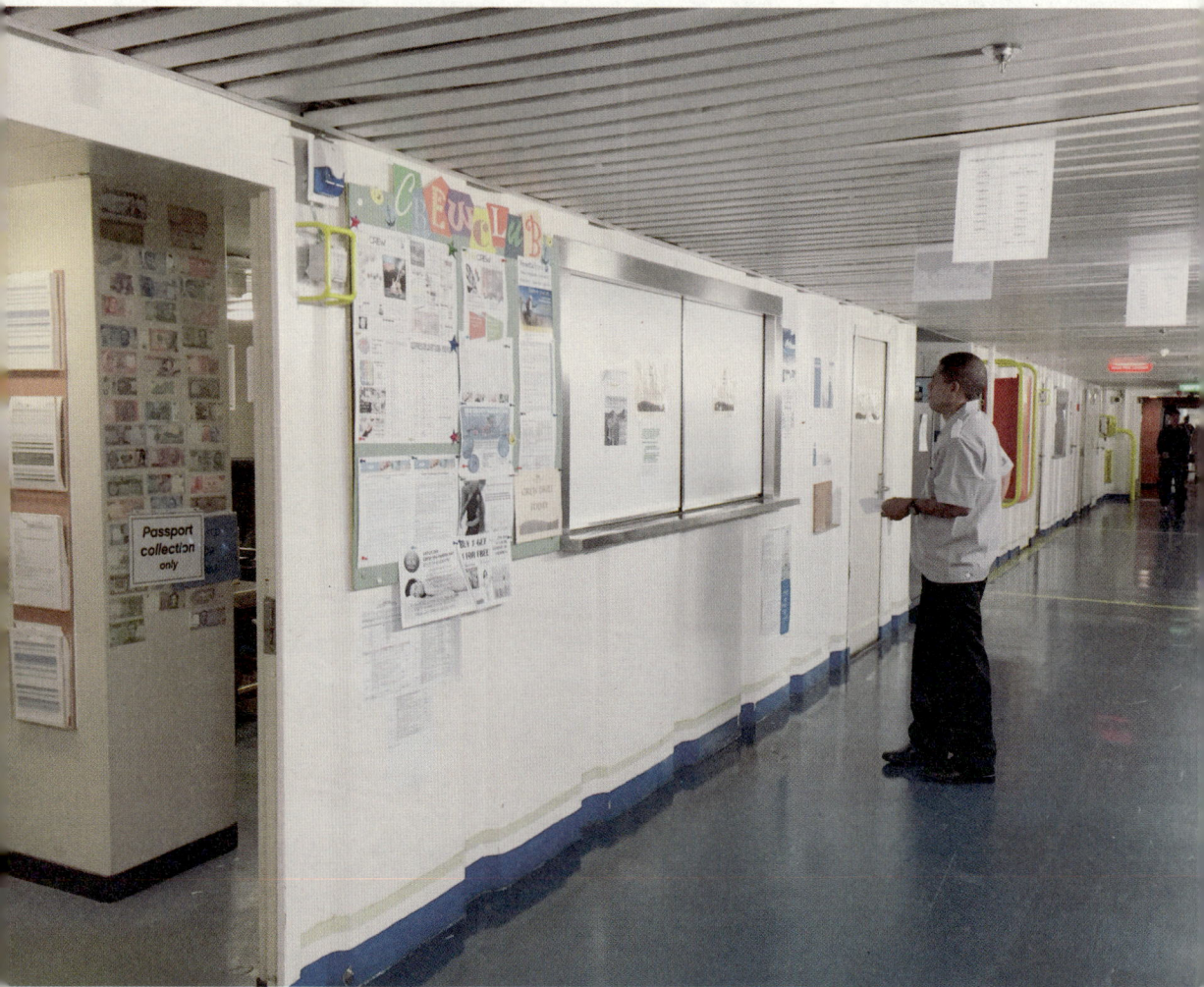

邮轮甲板四层，员工区域，船员办公室就在走廊中段，有重要通知都会张贴在布告栏，员工办理个人事项申请、领工资等也在此处。

扛着器材下船工作的丹尼尔和加雷斯。

2017 年的夏天，珊瑚公主号从加勒比海航向阿拉斯加，停靠母港温哥华，这一年，恰好是温哥华建市 150 周年。

青春海上来

中国邮轮摄影师的记录

徐菘霙 —— 著

中国纺织出版社有限公司

图书在版编目（CIP）数据

青春海上来：环游世界的邮轮摄影师／徐菘霓著
. --北京：中国纺织出版社有限公司，2022.11
　　ISBN 978-7-5180-9469-1

Ⅰ．①青…　Ⅱ．①徐…　Ⅲ．①散文集–中国–当代
Ⅳ．①I267

中国版本图书馆CIP数据核字（2022）第055932号

责任编辑：张　宏　　责任校对：寇晨晨　　责任印制：储志伟

中国纺织出版社有限公司出版发行
地址：北京市朝阳区百子湾东里A407号楼　邮政编码：100124
销售电话：010—67004422　传真：010—87155801
http://www.c-textilep.com
中国纺织出版社天猫旗舰店
官方微博 http://weibo.com/2119887771
北京华联印刷有限公司印刷　各地新华书店经销
2022年11月第1版第1次印刷
开本：710×1000　1/16　印张：14
字数：106千字　定价：58.00元

中国邮轮发展只有短短16年，在第一个黄金10年就成为全球第二大客源国，邮轮正在成为越来越多中国人喜爱的休闲、度假生活方式，邮轮产业也得到国家、滨海省市越来越大力度的支持。尽管因为疫情按下暂停键，但中国邮轮向前发展的基本方向没有变化，而且正在向全产业链迈进。

《青春海上来：环游世界的邮轮摄影师》是一位中国邮轮摄影师的记录，带着对过往岁月的敬意，也带着对未来的憧憬，视角、文笔都独树一帜，极具个人风格。

读这本书时，可以单循环播放电影《哥伦布传》的主题曲*Sailing*。一边听罗德·斯特华特（Rod Stewart）略带沙哑的声音，一边认识书中一个个鲜活生动的人物，体会犁波耕澜、风雨何惧的大海气息、航海基因。

我曾十多次因公务乘坐邮轮，接触了在中国、欧洲、美国多家公司邮轮上服务的众多船员，从船长、大副、二副到酒店总监、行政总厨，从客房、餐厅到酒吧、娱乐场的员工，中国的、菲律宾的、欧洲的、北美的，摄影师确实没有交流过，这本书补上了我的短板。

记录生动、记录美好、记录人生。摄影师是邮轮的亲善大使，即使摄影科技再发达，邮轮还是需要这群亲善大使。

乘坐邮轮航海，邮轮上的工作，使生命充满挑战，而不是每天周而复始的平淡。在豪迈、浪漫、笑容、多彩的背后，是体能、心理的各种艰难挑战，这段历练，或长或短，都弥足珍贵。

邮轮可以连接更大的世界。疫情之前，有近3万中国船员在全球邮轮上服务，疫情中，大家或还在邮轮上坚守，或已经转行。中国交通运输协会邮轮游艇分会（CCYIA）也正在建设中国邮轮船员服务中心，招聘信息、技能培训、劳务输出、境外服务、维权、假期巡回讲师，等等，让中国邮轮船员有个温暖的家。

随着邮轮起航、远航，期待更多青春海上来，青春邮轮来，在邮轮上快乐工作并领略星辰大海。

郑炜航

中国交通运输协会邮轮游艇分会
常务副会长兼秘书长

拥抱大海　走向世界

2017年是中国邮轮市场发展史上最具标志性的一年：中国超越德国，成为仅次于美国的全球第二大邮轮客源输出国。这一年，我国11个沿海邮轮港口共接待了1103艘次邮轮，邮轮旅客出入境人次近500万，有239万中国大陆居民体验邮轮旅游；同一年，上海一跃成为全球第四大超级邮轮母港，跻身世界邮轮明星城市行列，初步成为发展潜力巨大的世界级邮轮母港。邮轮旅游对于庞大的中国市场而言，在未来仍将是充满吸引力的一种新兴出游方式，也是构成幸福美好生活的一部分。

对全球主流邮轮市场的持续观察可以发现，未来10年、20年，全球邮轮运力规模将在现有基础上扩张60%~100%，这就使得未来邮轮产业将创造更多就业的机会，而中国水上旅游市场不可避免会出现10万量级的就业大军。就在2019~2021年期间，中国本土资本进入邮轮运营领域的公司迅速增加至七家，邮轮船队总体规模达到八艘，船队规模的扩张可望在疫情之后迎来更大的发展。由此可见，未来仅仅是中国市场就会催生十分可观的各类邮轮人才需求。

对于邮轮，其工作性质与陆地工作有很大差异。最大的差异在于，海上需要具备不同于陆地工作和生活环境的在身体、性格和心理等方面的综合适应能力，无论生活环境、工作节奏，还是人际关系、自我调适，抑或是兴趣爱好的培养，很大程度上有助于综合塑造邮轮船员在邮轮工作生活中的自我管理、自我适应与调整成长能力。

聚焦邮轮上的工作与生活经历，以多角度的叙事方式，《青春海上来：环游世界的邮轮摄影师》呈现在我们面前的，不仅有船员朋友们在海上工作与生活期间一幕幕活生生的场景故事，而且是船员朋友们心理历程的丰富写照。正是如此多彩多姿又酸甜苦辣的海上图景，给全世界千千万万的船员朋友们提供了一个新的人生舞台。

谨借《青春海上来：环游世界的邮轮摄影师》，祝愿更多的船员朋友们拥抱大海、走向世界，成就更有收获感的人生！

程爵浩
上海海事大学亚洲邮轮学院教授
中国交通运输协会邮轮游艇分会常务副会长

2020 年，新冠疫情仿佛让全世界都变了模样。

在所有的新闻消息里，最牵动我的当属美国公主邮轮钻石公主号停泊日本横滨港 50 天，成为现代版"恐怖游轮"的故事。

四年前，美国公主邮轮曾是我的东家，是让我可以一边工作、一边挣钱，还能环游世界的"神仙雇主"，也是成就我航海旅行之梦的地方。毫不掩饰自己对旅行的热爱和坚持，每一段旅行都教会我更好地认知世界，也更好地提升自己。

大学时的一次英国游学，点燃了我看世界的热情，后来，我赴英国留学读硕士，利用假期时间，走过欧非数十个国家，并出版了自己的第一本旅行随笔。留学回来参加工作后，少年渴望旅行的心总是按捺不住，旅行箱蠢蠢欲动。如果这个世界上，有一份可以环游世界的工作，那该多好？

一次偶然的机会，我在微信平台上搜索到了招募邮轮海乘的职位公告。

邮轮，移动的海上五星级酒店。留学期间，我曾经从英国的南安普敦港出发，坐 P&O 邮轮环游了波罗的海 14 天，那段美好的回忆涌上心头。浏览了一圈海乘的招聘职位，我一眼相中了美国公主邮轮摄影师这个职位，它既和我的专业相关，自由度高，又符合我的性格，就它了！

行动派的我，立刻开始准备：联系海乘中介；去上海参加邮轮方的现场面试；一边交接工作，一边考取海员证；等待船方第二轮视频面试；去北京参加挪威海员体检；去上海办理美国海员 C1/D 签证；等待海员船期通知……整整半年。

2016 年 5 月，我与邮轮的缘分正式开始。但是，现实并非全然如我之前所想。

登上邮轮的第一天，迎面而来的第一下暴击是语言。

作为留学生，我对自己的语言还是颇有自信的，至少日常沟通不成问题。邮轮的官方工作语言是英语，无论你来自哪个国家，上船以后，员工之间默认都用英语交流。可我没想到的是，一艘邮轮上有来自多达 40 多个国家的员工，我听到的更多是印度式英语、菲律宾式英语、美式英语、日式英语、意大利式英语……而邮轮还有很多专业工作术语，摄影工作也有许多惯用语，完全是全新的学习体验，这种有口不能言的状态竟然持续了近一个月。

而更让人抓狂的还是工作本身。首先，非靠港日，一天 13 个小时，甚至 16 个小时的快节奏连轴转的机械工作让我觉得自己就是《摩登时代》里的卓别林；其次，粗暴的"胡萝卜＋大棒"的传统又原始的管理方式，毫无人性可言，部门经理决定了你的一切，员工只能听从；此外，还需要身兼数职，邮轮摄影师不只是拍拍照，按下快门而已，而是涵盖了摄影、修图、打印、销售全流程，打印机脏了要自己清洗，坏了要自己修，甚至连拍摄照片的摄影棚也要自己搭。有时还要身穿厚重的海盗服，把整张脸画得又黑又脏，或者 cosplay 卡通人物，陪乘客一起合影。我一度怀疑自己不是应聘了一份工作，而是应聘了十份工作，但这也大大磨炼了我的能力，标准化、职业化、专业化，一个都不能少。职场里的游戏规则也与陆地上的工作一般无二，虽然是抱着环游世界的目的前去的，但最后我对邮轮摄影的认知还是回归到了"这是一份正常的工作"。

另外，邮轮还有自成一体的工作环境和文化传统。邮轮进入中国市场不过10年，绝大多数人接触到的仅仅是表层的邮轮旅行而已，去的也只是日韩短途航线。但是作为一个产业，邮轮在全球的发展早已上百年，是个庞大且有着自己文化传统的行业，也有着自己的等级制度。

公主邮轮上，员工被分为 office-staff-crew 三个级别，每个级别的员工有自己对应的权利和义务，作为 crew 的底层员工不能进入客人活动的区域，而 office 级别的员工可以有自己的餐厅和单人宿舍；邮轮还有特定的礼仪传统，比如正装晚宴，从客人到员工，所有人都要穿礼服。不同的时段做不同的事情，要穿不同的衣服，有时候，一天换四套工作服都是常事。

来自不同国家的员工也构成了简单又复杂的关系，说简单，是因为动辄13个小时的连轴转工作，基本没有时间产生过多交集。说复杂，是因为来自不同国家、不同文化背景的员工们同时在一条船上，员工之间的关系也会随着国际局势产生微妙变化。在邮轮上，你不仅仅是你，也代表了你的国家。

两年的邮轮时光，我学会了更好的时间管理和更强的自律意识。

在邮轮工作，确实让我实现了最初的旅行梦想，踏足的国家已经多达50多个，每到一处港口都写下游记。当然，在邮轮工作，我还认识了来自世界各地和我一样踏上邮轮征途的摄影师们。他们的人生故事丰富了我的邮轮生活，教会了我许多，也成了我邮轮工作的宝贵回忆。《青春海上来：环游世界的邮轮摄影师》便是他们与我在邮轮上的故事记录。写的时候很随性，认识久的、关系好的，就多写一些；时间短的、交情浅的，就少写一些。现在，书中的人有些已经离职了，成功转型陆地职业，结婚生子，开始了稳定的人生下半场；

也有人依然坚守在自己的岗位上，继续拥抱邮轮生活。

而我回国后，进入了文旅行业，开设海乘知识类的公众号，工作之余，也为更多想去邮轮工作的年轻人们答疑解惑，这本书的最后部分便总结了部分邮轮海乘常用的知识。

六年前，我刚登上邮轮的时候，中国的海乘只有几百人，而到了2019年底，保守估计，已经超过了3万人，是一个初具规模的职业群体了，在世界各大品牌的各艘邮轮上，都能看到中国海乘的影子。很多中国海乘在这次疫情中，漂流海上数月，经过多方沟通才艰难回国，但这也让原本各自散落的海乘们团结起来，建立了自己的群，互帮互助，资源共享。因为大家相信，风雨之后会有彩虹。

现在，中国首艘五星旗豪华游轮"招商伊敦"号已经航行在中国南海上，而中国第一艘自主建造的邮轮也正在有序推进，奋力摘下这颗造船业皇冠上的明珠。中国邮轮全产业链的整体崛起指日可待，成为一个拥有中国自己的邮轮品牌、自己的船队、自己的航线的完整又全面的产业！

未来，更多的年轻人会继续踏上邮轮这趟乘风破浪的旅程，希望书中的故事能带给他们希望和信心，梦想与安慰。

徐菘霙

2022年6月2日

邮轮上的"那些花儿"

后文故事中会提到的人物：

第一个合同　黄金公主号		
姓名	职位	独特的你
黑瑟尔 Heazhel ♀	第一任经理	菲律宾人，咆哮女王，萌新经理
史都华 Stuart ♂	第二任经理	英国绅士，接替黑瑟尔
月亮 Moon ♀	第三任经理	加拿大籍韩国人，接替史都华，公主邮轮最严酷的经理
安吉罗 Angelo ♂	影像长廊销售经理	菲律宾人，性格温柔，非常和善，擅长"和稀泥"，爱音乐，会弹吉他
托马斯 Thomas ♂	第一任实验室经理	波兰人，喜欢冷幽默，爱调侃，爱看书，认真负责
费尔马 Felma ♂	五级摄影师，实验室经理助理	菲律宾人，接替托马斯，善为人师
安娜 Anna ♀	邮轮摄像师	巴西姑娘，工作14天后辞职，后去了皇家加勒比公司，极度不喜欢月亮小姐
星烨 Xing Ye ♂	白金摄影师	中国人，负责白金影像工作室的拍摄
艾玛 Emma ♀	白金摄影师	中国人，接替星烨负责白金影像工作室的拍摄
加雷斯 Gareth ♂	五级摄影师	菲律宾人，性格坚硬古怪的中年男摄影师
迈克 Michael ♂	五级摄影师	菲律宾人，销售技巧高手
李昂 Ang Li ♂	三级摄影师	中国人，胖乎乎的全能摄影师
鲍勃 Bob ♂	二级摄影师	菲律宾人，工作认真，在中国航季担任实验室经理助理
喀翠丝 Catrice ♀	二级摄影师	美国黑人姑娘，最好的舍友
拿破 Napol ♂	二级摄影师	菲律宾人，中国航季邮轮跟拍项目负责人
欢 Huan ♀	二级摄影师	中国姑娘，后被辞退
索菲 Sophie ♀	一级摄影师	中国姑娘，后来去新西兰打工旅行
马瑞塔 Marita ♀	一级摄影师	南非白人姑娘，生活奔放
珂 Ke ♂	一级摄影师	中国人，同事，好友
昊 Hao ♂	一级摄影师	珂的舍友，中国人，后来去了地中海邮轮工作
凡妮莎 Vanessa ♀	一级摄影师	加拿大人，胖且贪吃，生活习惯差异大

第二个合同 珊瑚公主号		
姓名	职位	独特的你
伊旺 Ioan ♂	第一任经理	罗马尼亚人，非常人性化的管理者
拉比萨 Labisa ♀	第二任经理	葡萄牙人，自律严谨的管理者
瓦伦丁 Valentin ♂	影像长廊销售经理	罗马尼亚人，情感丰富不失幽默
涂聂思 Tuness ♀	白金摄影师	南非白人姑娘，时尚自律
丹尼尔 Daniel ♂	邮轮摄像师	南非人，帅就一个字
马修 Matthew ♂	邮轮摄像师	美国人，尬聊症重度患者，对中国很有好感
杰夫 Jeff ♂	实验室经理	菲律宾人，超级负责，且关心人
詹姆斯 James ♂	实验室经理	菲律宾人，自律寡淡
巴岗 Bagan ♂	五级摄影师	印尼人，温暖的小伙
路易斯 Luis ♂	五级摄影师	危地马拉人，大大啤酒肚
埃尔文 Alvin ♂	五级摄影师	菲律宾人，懒懒的
埃德加 Edgar ♂	三级摄影师	南非人，温柔的王子型男生
理查德 Richard ♂	二级摄影师	菲律宾人，五个孩子的爸爸
迈克 Michael ♂	二级摄影师	菲律宾人，爱动漫，有梦想，销售大师

目录

黄金公主号

⚓ 咆哮女王

什么样的经理是好经理？

什么样的管理模式是好的管理模式？

这恐怕是任何一个企业、任何一个领导者都在一直考虑的问题。

在邮轮工作中，我碰到了5位性格不同，管理方式也迥然不同的经理。

5位经理，5堂课。Manager Decide! 部门经理决定一切！要了解邮轮上的工作就要先从经理开始。

初入职场，成为萌新，并不可怕，谁不是从职场新人过来的。可怕的是，当你发现，你的经理居然也是一个萌新。当萌新职员遇上萌新经理，意味着这个萌新职员要有大麻烦了，因为萌新经理最不喜欢的就是麻烦，而萌新职员几乎都是麻烦制造者。

天时，没有。萌新经理都不喜欢新人，好不容易升职为经理，脑子想的都是如何交出满意的业绩答卷；而新人还要培训，以免因为不懂规矩出岔子。地利，没有。邮轮工作与陆地上的工作环境完全不同，有一套自成的体系，想要接受适应，需要时间。人和，更没有。老员工都不喜欢和萌新待在一起，一是试探，不了解一个人的品行之前不会深交；二是害怕，害怕萌新犯错会连累自己挨批，基本敬而远之。

这就是我刚进入邮轮工作时的状态。

而我在邮轮上的第一个合同遇到的第一位经理就是一个萌新——黑瑟尔。

黑瑟尔是来自菲律宾的女经理，30多岁，小麦肤色，一米六不到，身材中等偏瘦，我对她的第一印象来自她干练的短发，干练到5米开外分不出男女。第二印象来自她说话的声音，她似乎一直想大声说话却苦于逃不脱先天尖脆音色的桎梏，说话间分分钟透着股阴阳怪气，大声说话时近于咆哮，这也成了后期我对她的一贯印象。

入职第一天，战战兢兢的我在同样紧张兮兮的她的带领下完成了对邮轮的初步了解：放行李，介绍参观工作环境，拜访直属领导，领工作服，进行基本安全教育。

"如果邮轮突发状况或者在演习时，没有人会管你是谁，你就是你应变部署表上的代号，你是H185，任何邮轮员工问你，你都需要回答H185，听明白了吗？"最后一声"Do you understand? 明白了吗？！"简直霹雳如雷，还配合着睁了溜圆的眼睛。

"为什么想到邮轮来工作？"黑瑟尔突然放慢了语调，非常严肃地问。

"因为想到处旅行"我毫不掩饰地天真回答。

……

如果时光倒回，我一定会收回这个回答。这一句不假思索的话成了我邮轮第一个月悲惨生活的开端。

"你知道吗？上次停靠在日本冲绳，两个中国女孩结伴下港口旅行，结果错过了回船时间。此事报告给船长，船长下令直接开船不等待，这两个女孩也被直接辞退。记住，你来这里是工作的！"黑瑟尔咆哮着，面孔从严肃变得狰狞。

很久以后，我回想那一天的对话。其实，我说了内心的真实想法并非有错，可偏有同胞的前车之鉴神助攻，这撞枪口的回答无疑是在黑瑟尔的心里埋下了一颗不信任的种子，一颗认为我肯定会犯错的种子。

这种不信任是很明显的。我喜欢旅行，黑瑟尔的每次靠港日排班表就偏让我出不去。而且越是好的港口越是任务多，拍完港口照就接着新员工培训，休息三个小时后，晚上立即又开始影像长廊的工作。像冲绳和长崎这样美丽的港口城市，我都是在黑瑟尔走了以后才有了去旅行的机会。

可是，神奇的墨菲定律终究逃不过。我还真是因为爱旅行犯了错。

邮轮有IPM（In-port manning）制度，每次靠港，部门中都会轮流几人被指定为IPM，也就是这些人必须待在船中，以备安全事故应急。IPM人员安排是由经理决定的，这也是我在黑瑟尔管理的一个月中很少出去的原因，不仅任务多，还经常被她安排IPM。

第一次，我在IPM的日子里乖乖待在寝室看书，可是却在晚上上班前被叫到了办公室。还没反应过来，一顿霹雳咆哮扑面而来。"IPM你去哪儿了？！我去检查了总服务台的IPM卡橱窗，你的卡不在里面！第一次warning（警告）！"原来，待在船中是不够的，必须要将自己的员工卡放到六楼总服务台的指定位置才可以。可我真不知道，之前问了同事，他们只告诉我不能出去。

第二次，我吸取了第一次的教训，放上员工卡，但那天我正好需要拍摄港口照必须出港口，同事告诉我，可以用部门备用的卡片代替，我如此照做，拍完照后，就开心地出去玩了。但还是出了错，原来在结束港口拍摄后，必须马上把自己的员工卡替换回去。只要是IPM，就不能出去。

如果要说错在哪儿，关键是沟通障碍，就IPM的问题，我先后问了6位同事，他们给的答案都正确，但都不完整。犯了错，必然会有惩罚。果不其然，当天工作结束后回到宿舍，我就看到门上被贴了黄色的便签条："到我办公室里来，穿着你的工作服！"字是用红色圆珠笔写的。

意料之中的一顿痛批。

……

知道自己犯了错，我就干脆低着头一言不发。这顿痛批大概持续了十多分钟，具体内容已经记不太清，满耳都是她尖酸咆哮的英文，只记得最后一句："这是第二次警告了，第三次就再见！"

咆哮，是黑瑟尔的日常。比如，电话里的咆哮。每晚影像长廊营业前的催命符，说白了就是查岗。

"你好，我是Song，有什么我可以帮你的吗？"

"……是Song吗？你应该说：晚上好，这里是影像长廊，我是Song，有什么可以帮你的吗？来，照着我的要求再说一遍。"

"晚上好，这里是影像长廊，我是Song，有什么可以帮你的吗？"

"很好，现在帮我看看安吉罗在不在，叫他听电话！"

比如，拍照时的咆哮。

"拍港口照的时候要问候客人，要大声一些！再大声一些！大声到我站在7楼甲板都能听到你在港口协助客人说的话！"

比如，影像长廊里的咆哮。

"要去问候每一个客人！去帮助每一个客人！我希望我看见你们每一个人的时候，你们不是在帮助客人就是在刷卡收钱！"

当然，每次这样咆哮的时候，黑瑟尔从来不管影像长廊里有没有客人，也不管那客人其实只是顺便经过问个路，问最近的厕所怎么走。

就工作而言，她所咆哮的内容并没有错，但是她咆哮的方式让人不敢恭维。

"我真怀念我们之前的经理，之前的经理是一位英国人，因为合同到了，回家休息去了，黑瑟尔是代替他的休假期来的，这也是她第一次当经理。"同事索菲的话让我恍然大悟。

难怪黑瑟尔总是紧张得神经兮兮的，让人觉得她似乎每天都焦头烂额。表面上是事务繁忙，其实是缺乏管理经验，对员工也缺少信任，事情全部自己揽着，凡事都要过问，才使得自己分身乏术，事情多而繁杂；还有高级董事会和管理层的销售业绩压力和她自己想升职的欲望，这些都使得她以咆哮的方式来宣泄自己每日涨满的情绪。

而销售，是黑瑟尔关注的重中之重。因为在管理层的考核指标中，营业额的表现占据大比重，说直白点，领导都喜欢会赚钱的员工，领导的领导自然也不例外。

每晚11点，影像长廊结束营业，经理助理安吉罗就会从销售机器上打印出当天的报表以及每个人的销售额。黑瑟尔有时也会来到影像长廊亲自打印，一边看销售小票一边还会不停地念叨："嗯，索菲不错，卖了520；昊不行，才100多；珂300……"除此之外，每个航程，黑瑟尔给每位员工都制定各自的销售指标，如果达到或者成为团队的销售第一名，就有机会获得在下一个航程的某个港口日中休假一天的权利。

休假一天，这对于合同期内没有假日的邮轮工作者来说简直是最好的福利，对热爱旅行的我尤其是，这一天的休假意味着我可以像游客一样深入探索一座城市。

当时的黄金公主号正处于从澳大利亚航季转入中国航季，部门里有一半的同事来自国外，语言障碍成了无形的销售壁垒。而到中国航季以后，摄影部门在销售业绩上更是内外交困，不会说中文的外国同事在销售上有心无力。而对于中国乘客而言，邮轮依然是个水土不服的新事物，人们不了解邮轮的影像传统和文化，摄影部门在中国航季成了鸡肋，1000张的港口照指标卖不到15张。

在摄影这一项上，中国乘客可以分为两大类，一类全程拿手机自拍，另一类用的专业相机比摄影部门拥有的机型还要高端。放在相片架上的照片还总是会被乘客用手机翻拍，若翻拍被抓，还会和经理理论版权归属、肖像权侵犯等问题，种种事故与故事让人哭笑不得。

销售，成了我在这份工作中的突破口，也成了可以使我实现旅行梦想的利器，而且占据了天时地利，实现起来竟然还不太难。

因为有语言优势，我做的仅仅是比别人更勤快一些，或者说，观察得更仔细一些。一个人想不想买一件东西，从他的眼神和肢体语言中就能看出七七八八。果然，从登船后的第三个航程开始，我的销售额就开始牢牢占据全团队的前三名，而且我卖东西很低调，基本上是闷声发大财，国外的同事们照顾我是个萌新，却不料每天晚上拉出业绩单，我的销售额竟然是他们的两倍甚至三倍还多，纷纷咋舌，还经常问我是什么时候卖的这些照片、相机，为什么在同一个班次的他们都不知道。

果然，销售表现起色了，黑瑟尔的咆哮也少了。我的销售业绩给了她信任，她也认为我已经适应并适合邮轮上的工作，能够顺利生存下去。但这并不意味着她不会在其他方面挑刺，比如，我的头发。

我的头发天生发质软而且毛燥，在邮轮上工作的时候，我就扎一个普通的马尾，留一个斜刘海，就像学生时代一样，这样的造型在黑瑟尔的眼里就是一个字："乱"。

"你应该去买一些发卡，把你的头发卡起来！"

"去厕所，把你的头发理顺了再回来上班！"

对于她的挑刺，我一直都是左耳进右耳出。黑瑟尔的头发又短又硬，天天还不忘喷个啫喱，发型日日坚挺，是那种即使在台风天出去跑个1000米，回来依然能纹丝不乱的。

人都多多少少地喜欢以自己为模板评价他人，也就是投射效应，觉得自己能做得好的别人也可以，以至于忽略个体差异。

可令我没想到的是，她在对我头发的埋怨这一点上竟然异常固执和认真。在某次停靠冲绳港的晚上，她突然出现在影像长廊里，手里还拿着一卡板纸的发卡。

"这是我在冲绳给你买的，快去把你的头发卡起来！"

我低头一看，6枚黑色发卡，纸板是粉红色的，上面还有两只可爱的Hello Kitty图案，看着图案，再看看站在我面前一身黑色西装干练的黑瑟尔，突然感觉到了一种反差萌，不自觉地笑了出来。

"笑什么，快去把头发卡起来！"

如果你问邮轮上的员工，他们最讨厌的经理是谁？他们所说的八九不离十是他们遇到的第一位经理。因为新人总会受到经理的特别"关注"，这样的关注成了无形中的压力，有时候越关注越容易犯错。

新人在第一位经理的特别关注下，通常日子都不会好过。我也不例外，哪怕一年多后，新同事问我黑瑟尔是个怎样的经理时，我还是会本能地摇头。

可是细想一遍，又会慢慢感受到黑瑟尔的好。黑瑟尔热爱工作，全身心地投入，却又很职业化地将工作和生活划分清楚。

亚洲女孩的身材普遍瘦小，入职第一天，XS号的工作服没有了，黑瑟尔就把她以前的衣服借给我穿，她L号的衣服穿在我身上过于宽松，而且颜色还是褪了一个色号的，可我一直穿着，最后还忘了还。

"我要是再早一些来邮轮工作就好了，你很幸运，邮轮是世界上最好的工作。"这句话，她反复和我说过很多次。

非工作的时间段，黑瑟尔完全是以朋友的身份与我相处。而这也是邮轮工作的一种特色，公私分明，和工作有关的事情就公事公办，工作的事情不影响生活，生活的情绪不带入工作，这是在邮轮工作的人达成的一种默契，哪怕上午工作发生了口角，晚上在员工酒吧依然可以开怀畅饮。

现在的黑瑟尔已经是名正言顺的经理了，而她也正在往高级经理方向发展。我写下这篇回忆时她正接管皇家公主号摄影部的经理，皇家公主号是公主邮轮的旗舰号，看来，她离她的梦想又近了。

⚓ 熊猫李昂

他，胖胖的，像一尊小弥勒，人送外号熊猫。

他，李昂，是我第一个合同中最感念的中国同事。

他习惯两个鼻孔朝天看人，颐指气使，最常说的一个中文字是"哼"，最常说的一个英文单词是"shit"。

如此傲气的背后自然有傲人的资本。他级别高。

在公主邮轮的摄影部中，从初级到高级摄影师总共有五级。2016年，数家大型邮轮公司同时进入中国市场并向中国大规模招募船员，当时中国摄影师的级别都是最初的一级摄影师，而李昂的三级摄影师级别可谓一枝独秀。这说明，他在公主邮轮已经至少工作了一年，工作经验也比同期的中国邮轮摄影师高出许多。而能够升级也意味着他的工作能力符合公司的要求，他的职业化水平是受到公司肯定的。

确实如此。很快，我就发现了他的"神通广大"。

首先，专业过硬。

正经摄影专业科班出身，就这一点已经好过同期中国邮轮摄影师许多。那时正值各大邮轮公司对中国员工的高度需求时期，邮轮公司与中国的海乘中介合作，中国员工应聘邮轮公司需要支付一笔数额不小的中介费，这笔中介费由中介与邮轮公司双向抽成。拿钱办事，因此中国员工应聘要求就低了许多，非摄影专业出身，甚至对摄影完全不懂的人也能通过应聘。而摄影部门内的来自其他国家的员工基本都有摄影方面的工作经验，他们应聘的时候是不需要交任何中介费的。

再加上一年邮轮工作经验的加持，李昂的照片质量上乘，数量可观。当多数像我一样刚适应工作环境的邮轮摄影师对各种专业器材的英语都懵懵懂懂、丈二和尚摸不着头脑的时候，他已经对这一整套体系驾轻就熟，该在什么时间什么地点做什么事，门儿清。

和他搭档拍港口照是轻松的，他总是能找到使拍摄效率最高的好地方，在最短的时间内完成经理布置的拍摄任务。

他还精通图像处理技术，在同期摄影师对实验室的一切都还不了解的时候，他已经可以独立完成处理和打印照片了。

其次，销售高手。

彼时，我的销售业绩来自勤奋的观察，找对的客户。我一直以为，自己的销售方式是闷声发大财，可谁知，李昂比我还要闷，发着更多的财。

登船的第三个航程，我原信心满满地以为这一次的销售总冠军一定会是我，可谁知却是李昂。一看销售单，原来他最后一晚"偷偷摸摸"地卖出了两个GoPro，一下子拉开了差距。

但李昂对于销售，是真的懂。平时在影像长廊里，没事就以摆弄各种相机样品为乐，最喜欢的是一个Hello Kitty形状的拍立得相机，经常斜背在胸前，还不时地用自己肉嘟嘟的手轻轻抚摸。

这样的神通广大让我逐渐对他产生了心理依赖。对黑瑟尔下达的指令不明确，问他。如何在机器上纠正销售操作的失误，问他。处理客户投诉，问他。不懂销售产品，问他。不知道怎么调整闪光灯，问他。如何打印照片，问他。邮轮员工们之间的八卦，问他。就连在邮轮里迷路了，也问他。问的时候会偶尔接过他飘来的白眼，但没关系，因为我知道他给出的建议总是中肯的，正确的。

但是他最神通广大的部分是，他和经理黑瑟尔居然是好朋友。

由于我在白金影像工作室产品预订上的突出表现，在入职后的第四个航程获得了一个可以在邮轮意大利收费餐厅享受两人晚餐的福利，这个福利是黑瑟尔给的。不过，鉴于晚上过六点不吃的生活习惯（为了保持身材），于是，我把这两个名额给了在邮轮工作第一个月内我最感激的两个人——我的美国室友喀翠丝和熊猫李昂。而我则和他们一起聊天。

这顿饭也有为李昂饯行的意味，因为李昂的合同很快就要到期了。

"你工作到现在快一个月了吧，怎么样，适应了吗？还开心吗？"李昂问我。

"还好吧。"我回答得明显没有底气。

"不，你不好，我看得出来，一般第一个合同都会过得很不好，不过你要庆幸，你遇到的经理是黑瑟尔，遇到经理咆哮是再正常不过的事情，你觉得她不好，是因为你还没有遇到过更变态的经理。"

一口冰水下肚，李昂开始缓慢地叙述起来。

李昂遇到的第一位经理是月亮小姐。与黑瑟尔的萌新状态不同，月亮小姐有着丰富的管理经验，作风严酷，行事乖戾。

李昂的第一个合同在蓝宝石公主号，蓝宝石号的影像长廊里装有监控摄影头。如果有人在你工作的时候360°地监视你，想想都觉得后背发凉不是？而月亮小姐就是这么做的。

有了监视就会有责问。某一天，月亮小姐将李昂叫到了她办公室。一推门，月亮小姐正看着电脑屏幕上的监控录像，月亮小姐问李昂："刚才那个客人和你说了什么？买了什么？你是怎么回答的？"

"他问了一款相机，询问功能，我的回答是……"

月亮小姐似乎对李昂的回答还挺满意："嗯，回去吧，对了你叫那个某某某，让她多走动走动，她已经站在同一个地方三分钟了。"说完，她继续看电脑上的监控录像。

李昂的叙述平平淡淡，可我和喀翠丝却听得毛骨悚然，一个连员工站在同一个地方三分钟都要介意的经理，那是有多可怕啊。

"不仅如此，月亮小姐给我们当时所有人每人每天，不管是靠港日还是海上日的工作时间都排满13个小时。而这13个小时仅仅是排班表上的时间。"李昂边说边意味深长地看了看我和喀翠丝。

13个小时，这是邮轮合同上规定的最长工作时间。

如果是13个小时的排班表时间，那实际工作时间可能是15个小时甚至更长。因为作为员工，清洗机器、整理器材这些应尽的义务是不算在排班表时间内的。回想黑瑟尔每天8～12个小时不等的排班表，才发现原来自己现在悠闲的邮轮工作生活其实很可能是一场错觉。15个小时工作，和工具人又有什么分别，很难想象这样的半年，李昂是怎么熬过来的。

"这样的排班表非常不人性化，更严酷的是，当时她主张内部竞争，将我们团队分成两个小组进行销售比赛，两个小组轮流销售和帮助客人，当一个小组在收银的时候，另一个小组就在走廊里帮助客人寻找照片，可是这样又不公平，因为我们这个小组收银的时候恰好是人流量的非高峰时段，所以销售额一直不如另一组，而销售额不高，就要受到惩罚。当时，黑瑟尔还不是经理，我们正好在一个组里，因为这件事，黑瑟尔和月亮小姐大打出手，打了一架。也是这一架，我们的小组成员之间有了深厚感情，这也是为什么我和黑瑟尔关系很好的原因。"

李昂顿了顿，继续对我说：

"还有一点，黑瑟尔虽然对销售看得很重，但是她从来不检查照片的数量和质量。而月亮小姐则检查每一张照片，你上次在正餐厅只拍了9张照片对吧？如果是月亮小姐，你就已经犯了不可饶恕罪了，你知道吗？同样的餐厅，同样的时间，我曾经拍出过300张，我一个人。"

那时的李昂还是萌新，他的照片质量自然成为月亮小姐的重点检查对象。

某个正装晚宴，工作基本已经结束的时候，李昂却被叫到了摄影部的实验室，月亮小姐正一张一张在电脑里翻阅他在正装晚宴中拍的照片。

"来，看看我给你挑出的这几张，有什么问题，哪些地方不符合公司的标准？"月亮小姐带着她一贯的面具微笑发问着。

"桌子上的蜡烛没移掉，两人没有靠近，头顶与边框距离太近，焦点没对上，构图焦点没有在正中。"李昂平静地一一回答着。

"知道就好，现在，拿上你的相机，去14层自助餐厅再拍50张照片回来。"

听到这里，我的室友喀翠丝已经惊掉了下巴，连连说："what？！"

"那时已经过了晚上11点了，但我还是去拍了，50张，一直拍到整个自助餐厅里只剩下我一个人。"

在月亮小姐的折磨下，李昂没能在第一个合同升级，但是这也让李昂比同期员工更懂得邮轮工作的职业化。在第二个合同中，李昂便以优异的表现获得了连升两级的肯定。

"我们部门是经理决定制，一个好的经理比好的航线还要重要。第一个合同结束后，我申请休假了四个月，因为我打听到我去的下一条船的经理不好对付，我就是特地等他走了才决定上船。你也可以这样做，再不济，可以询问一下经理的性别。相信我，男经理都比女经理要好，女经理通常很情绪化，在压力下会更容易失控，而且会对一些细节要求非常苛刻。"李昂语重心长地说道。

"不过你不用担心，你会很好的，因为你的销售很好。我们虽然是摄影师，但是公司看重销售远多于摄影，你只要销售业绩好，就不用害怕。不过你不能只是简单地卖，要真正了解。我一开始工作的时候对GoPro也不了解，后来经理让我自己买一个GoPro，我就真的买了一个，我把英文说明书从头看到尾，查出每一个我不认识的英文单词，我能卖得出那么多GoPro，是因为我真的懂。"

"你不要看我现在什么都会，那是因为你不知道我之前吃过了多少shit！"

那一顿饭在李昂的讲述中吃了将近两个小时，他的经历让我感觉触摸到了这份工作中无比真实的部分，其影响力之大，以至于数年后，当我写下这篇文章时，依然能清晰地复述出当时的种种。

可偏就那一晚，之于李昂，还发生了一件让我更加印象深刻的事情。我送了李昂一顿免费的晚餐，却又随即甩给了他一坨shit。当然，我也没想到会这样。

那天早上出福冈游玩的时候，我居然把日本通行证落在了回程的出租车里。回来后才发现遗失的事实，一晚上心神不宁，我不确定也不知道丢失重要证件要接受怎样的处罚。而我又没有勇气直接去和黑瑟尔坦白，一想到她的咆哮，母夜叉在世也不过如此。

就这样，我在宿舍门前的走廊里徘徊犹豫，直到看见了李昂。他看我一脸心神不安的样子，问道："出什么事了？"

"我把日本的入境卡弄丢了，今天早上……"声音低低的，因为犯了错，我连说话都没有底气。

李昂立即露出一副这倒霉孩子没救了的表情："你知不知道，上次有员工丢了自己的员工卡，不仅罚款200美元重新办了一个，还被罚了一个正式的警告。这件事别人知道吗？你室友喀翠丝知道吗？黑瑟尔知道吗？"

"她们都不知道，我没有告诉任何人，只告诉了你。"

是呀，只告诉了李昂，因为我知道只有李昂可以帮我，他是级别最高的中国员工，经验丰富，沟通方便，更重要的是，傻子都看得出他和黑瑟尔之间关系好，如果整个团队里有谁能帮我的话，那也就只有李昂了。

"赶紧给黑瑟尔打电话，这个时间她正在排明天的班表，你没有出入境卡，快告诉她，她需要更改明天的排班表。"

"我不打，不想跟那个母夜叉说话。"我一脸拒绝。

李昂看我都不愿意向墙上的内线电话挪动一寸，无奈地自己拿起了话筒。

"喂？黑瑟尔吗？我是昂，你现在有空吗？在哪里？我们过去谈一点事。"李昂边说边斜着眼睛看我。

通话结束后，李昂说道："走，跟我去黑瑟尔房间。"

我蹑手蹑脚地跟着李昂往黑瑟尔房间走。

"出什么事了？"果然，房间里的黑瑟尔刚排完明天的排班表。

"她把日本出入境卡丢了。"李昂直接切入话题。

可意外的是，黑瑟尔竟然没有咆哮，却一下仰天瘫倒在自己的床上。

"啊，我再也不要当经理了，怎么那么麻烦，事情那么多啊！"

一瞬间有些尴尬，李昂立即岔开了话题，和黑瑟尔聊起了家常。从休假期的安排聊到黑瑟尔新买的手表，从两人过往的故事聊到现在团队里的问题，我就在一旁静静地听着。

令我惊讶的是，和李昂一起聊天时的黑瑟尔和平时工作时的黑瑟尔判若两人，语气柔和了许多，紧绷的五官也变得放松了许多，说起刚在免税店里买到的打折巧克力时竟然也开心得像个普通小女生。

约两个小时的谈话后，最后达成共识：第二天一早，先去船员办公室确认情况，然后和黑瑟尔打电话。

我跟着李昂，弱弱地问："真的没事了吗？"

"没事，你明天不能出邮轮了，你的工作我会替你完成的，回去好好睡觉吧。"

第二天一早，我便来到船员办公室的窗口。

"我把日本出入境卡弄丢了，怎么办？"我弱弱地向办公室的行政人员发问。

"说一下你的员工号和姓名"

"……"

"嗯，可以了，就这样。"

什么处罚也没有，什么警告也没有。

后来我知道，日本的出入境卡每个航程都会领一张新的，如果在航程内丢了，那么航程内停靠的日本港口便无法访问，但也仅限于此航程而已。

可是我还是又忘了一件事，忘了给黑瑟尔打电话。

果然，当我在实验室帮助托马斯整理照片的时候，黑瑟尔气冲冲地走了进来，只听得她粗重的呼吸声——

"怎么不给我打电话！昨晚不是说好的吗？！我一晚上都在想怎么收拾你的烂摊子！你知不知道我今天为了你的事情去找了多少人，又去问了多少人！你呢！你去船员办公室问了吗？"

"问了，就登记了一下信息。"

"……就这样，有没有说什么其他的事情，有需要补办吗？需不需要我陪你去见日本的出入境检察官？"

"什么都不需要。"

"什么都不需要？"

砰——，黑瑟尔甩门离开。

下午影像长廊开始营业，我一张张摆着照片，不知不觉，李昂已经站在了身后。一个白眼过来："傻了吧，又犯错了吧，昨晚怎么说的？"许久，我委屈巴巴地终于开口说话了："因为我不会，我不告诉黑瑟尔是因为我还不知道怎么打邮轮上的电话，怎么拨号码……"

李昂一脸吃惊地望着我，叹了口气："过来，我教你。"

认识并学会使用邮轮里的通话系统，这是李昂离开前教我的最后一件事情。

两天后，李昂正式结束了在黄金公主号的合同。

在他离开的前夜，团队成员在员工酒吧小聚，为他欢送。黑瑟尔还播放了她初识李昂时在蓝宝石的回忆录像给我们看，还制作了精美的离别贺卡。

"会有那么一天/只对你说/原来/爱与希望/简简单单"

李昂喜欢林俊杰的歌，我便随意取了几首，将歌名串成祝福语送给了他。

离别的那天，李昂笑称别人回家都坐20小时的飞机，他却只要坐20分钟汽车。李昂的家乡在天津，而当时黄金公主号中国航季的母港也在天津。

李昂离开后一周，黑瑟尔也完成了她的代理经理的任务，之后便离开了。

而我和李昂却还保持着联络，因为我发现我已经习惯了问他问题。新经理的销售策略不懂，问他。对高级别摄影师的工作要求产生了疑问，问他。就连和室友闹矛盾发泄情绪，也找他。后来，问的次数越来越少，直到，我再也不需要问他了。

接下来的一个合同，李昂去了蓝宝石公主号，他成了当时摄影部的代实验室经理助理，也是当时公主邮轮公司摄影部中最高职位的中国员工了。再后来一个合同，如他所愿，他被派往了盛世公主号，参与了盛世公主号的首航，从罗马一路前往上海。到达上海以后，果断辞了职。

现在的李昂已经开始了新的生活，结婚生子，非常幸福。

说起来，和李昂共事的时间只有短短的三个星期，却是我接收信息最多，学习最快的三个星期。而他，就像是在这份工作中我遇到的第一位指路人，是职场中好心提点的同事，也是我至今于邮轮工作中最感谢的人。

⚓ 女生宿舍

邮轮宿舍应该是除了工作场所外，发生故事最多的地方。

在公主邮轮的工作中，我遇到了六位舍友。她们有不同的性格、爱好和文化背景。

但其实可以简单地分为两种，一种把自己的生活打理得井井有条，一切私人用品都收纳得整整齐齐，而另一种则刚好相反。我碰巧就遇到了两个极端。

喀翠丝，我的第一任舍友，外号Cat，一个来自美国的女生。

因为是第一次登船，我特地从家里带来了自用床单和被褥。推开宿舍门的瞬间，我就预感，喀翠丝是一个好舍友。正对门的床位是我的床铺，床单、被褥和枕头都是全新的。是喀翠丝帮我换的。

在公主邮轮，如果宿舍来了新成员，那么舍友在前一天就要到邮轮的换洗中心为舍友领取新的床品，这是不成文的规定。

桌台上除了她的笔记本电脑，没有任何杂物，看来是个爱整洁的姑娘。

床铺旁的柜子上还放着刚从邮轮图书馆里借来的小说，看来是一个爱读书的女生，和我志趣相同。宿舍门旁的墙壁上贴着经典的六连拍人像表情，书桌上方的墙壁上则摆放着各个航季的邮轮照片，装扮温馨但有摄影师特色。

事实证明，我的第一印象非常准。

喀翠丝是一位超级体贴人、照顾人的舍友，十分完美。不过我就和完美搭不上边了，至少一开始肯定不是，刚上船时那懵懂无知的我简直是个闯祸精。

第一祸，浴室溢水。

把浴室变成游泳池是我的一项巨大"本领"。尤其是当萌新的我还不知道如何正确使用浴帘的时候。淋浴区域是浴室里一块扇形区，这块区域有高于浴室地板的沿，浴帘下端应当放在沿内，而我则经常直接拉在沿外，洗完澡一拉帘，发现浴室可以养鱼了。不知道该怎么办，我想着房间空气干燥，估计一晚上就干了，就直接上床看书睡觉了。

喀翠丝知道我是一下班就洗澡的人，所以她每次都会下班后先去员工酒吧和朋友小聚聊天，通常凌晨1点左右才回宿舍洗澡或者干脆第二天起床后洗澡，特地和我的洗澡时间错开。

当晚1点左右，已经进入了微睡眠状态的我听到喀翠丝进门的声音，她没有开灯，而是轻轻打开浴室门，开了浴室灯，接着便听到哗啦啦、滴哩哩的水声。

咦？这声音是……

我起身拉开床帘，只见喀翠丝正蹲在地上，用浴巾将浴室里的水一点一点地吸干，然后将浴巾一遍一遍地搅干。我心里顿时一酸。此后洗澡，必定正确拉好浴帘。

第二祸，马桶堵塞。

刚上邮轮的第一个星期，开心地尝遍了邮轮上所有的意大利面和披萨，顿顿三文鱼，餐餐牛排肉。就这样，必然的，我便秘了。某日，马桶君终于堵塞了。

犯了错的我，在上班的时候老老实实向舍友坦白。喀翠丝没有任何表情地说了句"OK"。一个班次结束，当我回到寝室，马桶竟然已经维修好了。

原来，在我和喀翠丝坦白后，喀翠丝立马打电话叫了邮轮宿舍管理处的员工来处理堵塞的问题。之后，她还告诉我宿舍管理处的电话是多少，哪些问题可以找宿舍管理处报备等。授人以鱼更授人以渔，真好。

第三祸，忘记检查。

有时候在邮轮生活就像回到了大学，连宿舍检查都一模一样。邮轮宿舍检查叫crew rounds，每次检查的前一天，邮轮的员工区域就会贴上告示来提醒员工。

"哎，明天要crew rounds了，准备好。"李昂对我如是说。

可我当时对邮轮工作中的特殊术语还不了解，crew rounds？什么玩意儿？果然，第二天一早，我非常彻底地忘记了这件事。

"寝室整理了吗？"李昂追问道。

"整理，为什么要整理？"

"crew rounds呀，就是寝室检查，把寝室打扫干净，救生衣和防护帽都要按照规定要求摆放。"

"……啊？我不知道呀。"

我心想：crew rounds这两个单词和寝室检查有半毛钱关系？！

"……没关系，我出门前都帮你整理好了，等会儿你回去看一下，以后照着做就行。"喀翠丝的语气很平淡，却说得我的脸一阵红扑扑的。

喀翠丝还特地付费请了客房服务员来为我们整理房间，两天一次，一个月70美金，使我们的宿舍一直干干净净。

这种干净有了对比，就变得更加明显。

有次我的房卡消磁了，我暂时住到同事索菲和马瑞塔的寝室等喀翠丝。一推开她们的房间门，天呐，各种护肤品、化妆品摊了一桌子。桌子的两边抽屉，有几个开着，开着的那几个里被乱塞了一堆内裤。两个人的被子都是不叠的，衣服外套散了一地，浴室里也是各种瓶瓶罐罐，走都走不进去，房间里还有一股多种香水混合的气味。

我突然感到自己无比幸运，有喀翠丝这样的舍友真是要惜福。

喀翠丝不仅在生活上照顾我，在工作上也帮助我。如果有不懂的问题，我都是第一个问喀翠丝，但她的美式英语说得太麻溜，有时get不到，我就会转而询问李昂。

作为摄影师，我们需要拿到白金影像工作室的订单，白金影像工作室是美国公主邮轮摄影部的一项高端拍照服务，相片特色为全黑白，善于捕捉人物瞬间的情绪，后面"白金影像"章节有详细的介绍。简单地说就是推荐客人去白金影像工作室拍照，每个航程每个摄影师还有规定的指标。登船后的第三个航程喀翠丝率先订到了一单，而我迟迟没有，正逢黑瑟尔的巨大咆哮压力，我想如果我连续三个航程都没有订单，真的会被她认为不适合在这里工作了。

这时，我的后背被喀翠丝推了推，原来她看到有几位女生正在白金影像的展示桌前驻足，便立即来告诉我，催着我去订。

"Songying，go go try try！"

没想到这几位亚洲女孩还真的对黑白艺术照感兴趣，于是乎，我拿到了登上邮轮以后的第一个白金影像订单。

喀翠丝外边表很"粗"，我穿4号的工作裤，她穿40号。但其实，喀翠丝有着少女发丝一般的细心。工作间隙，喀翠丝会非常认真地为自己涂上指甲油，是梦幻的紫罗兰色，还会撒上一些金粉作为装点，来配她的深肤色。

粗不重要，重要的是暖，在影像长廊的时候，如果客流量不大，我会习惯性地挽着她的手，将头轻轻地靠在她的肩膀上，满满的姐姐般的安全感，而她也会将头偏向我一侧，然后微笑着说一句"so sweet"。

可惜，喀翠丝只做了我一个月的舍友，就因为合同到期离开了。身为舍友的我，和同事一起为喀翠丝制作了离别贺卡。因为喀翠丝的好人缘，那一晚，所有摄影团队成员都聚集在员工酒吧，所有员工坐成一排，喀翠丝一个横扑躺进大家怀里，咔嚓，瞬间定格。

第二天一早，喀翠丝就打包行李准备离开。那天停靠釜山港口，天下起了大雨，一向爱旅行、逢港必下船的我一直陪着她，办理离船手续，检查完行李，最后目送她离开邮轮，消失在雨中。

后来，我才知道，打扫房间的70美金应该是宿舍两个人平摊的。因为客房服务员每次来都是更换两个人的洗浴用品，整理两个人的床铺，而喀翠丝一直默默地付了全款。

喀翠丝离开后，我几乎一直念着这位好舍友，而我最怀念喀翠丝的时候也是我遇到凡妮莎的时候。

凡妮莎，一个加拿大女孩，我第一个邮轮合同最后21天的舍友。

虽然我不像喀翠丝总是把宿舍收纳得整整齐齐，但好在，我的东西不多，在凡妮莎没有搬进来之前，整个宿舍基本空空的，而当凡妮莎入住以后，两人间的宿舍瞬间住出了四人间的感觉。

喀翠丝是一个整理控，凡妮莎是一个整理废。

她的衣橱里挂着三件衣服，地上却摊着七件衣服，床上还时不时塞了几件内衣。有时候，她的内衣也会占据矮柜和书桌上本来就不多的空间。

作为女生，我不好意思点明了说，但也不能一直捡她摊着的衣服，因为衣服毕竟是私人物品，尤其是外国朋友都很注重物品的私有性。在不确定一个人的性情之前，自然最好不要随便动他的私人物品。

正在我为她摊衣服这件事感到疑惑和烦扰的时候，也同时找到了她爱摊衣服的原因。

某晚，忙完一天工作的我正坐在宿舍的椅子上刷微信。凡妮莎也忙完工作走了进来，门一关，开始脱衣服，就这样一件一件地脱，等我一抬头，凡妮莎已经脱得只剩下内衣内裤了。只见她若无其事地脱下自己最后的内裤，然后一甩手，把内裤甩到了书桌上，不偏不倚，正好盖在了她自己相机的镜头上，那镜头还没有盖上盖。

这一幕看得我目瞪口呆，内心却在大声咆哮——"开什么玩笑？"

而一丝不挂的她则从容地走进浴室，洗完澡出来，用浴巾吸干身上的水珠，就这样赤裸裸地上了床。原来她喜欢——裸睡！

和她成为舍友的第一个航程就这样在惊讶和惊悚中度过了。

第二个航程开始，凡妮莎有了明显的社交需要，回来的时间越来越晚，和喀翠丝固定1小时酒吧小聚不同，凡妮莎有时候会疯到凌晨三点才回，有时候则干脆不回宿舍，和朋友一起通宵。

如果通宵了还是好的，最怕是凌晨四五点回来，倒头一睡，就开始响起此起彼伏的呼噜声，慢慢地还会闻到闷闷的酸臭体味和一丝丝烟酒味。每到这种情况发生，我都会用阿Q精神安慰自己，还好她没有带男朋友进宿舍，还好她没有把朋友带回宿舍一起酗酒。

这些"还好"都曾经真切地发生在我的朋友身上。

还好，我只需要和她一起住21天。

不知道喀翠丝看当时萌新的我是不是就像现在的我看萌新的凡妮莎一样。一样地，错过寝室检查，由我帮忙整理；一样的，不懂工作内容，都来问我。

喀翠丝虽然离开了，但我们还在社交平台上一直保持联系。我如果发布外出旅行的照片，她必定会点赞；看到照片里的我穿着工作服，她立即明白一定是我忙到来不及换自己的衣服出去，就会留言："抱抱（表情），今天一定辛苦了。"

喀翠丝在她的下一个合同中申请担任邮轮摄像师，可惜申请没有通过，她实在烦透了销售以后，便毅然转职前往了娱乐部旗下的制作组，担任类似于DJ的角色，在娱乐部员工表演时，操控音频和舞台灯光。

我合同结束那天，她在社交平台留言告诉我，我是她在邮轮遇到过的最好的舍友。

于我而言，又何尝不是。

这句话让我开心了一整天。

⚓ 80℃男孩

"This is Kē，Kā，or Kè，whatever（无所谓）."

黑瑟尔如此"热情地"介绍我在邮轮上见到的第一位中国同事，边介绍边微微蹙眉。对于不擅中文的外国人而言，发中国的四声声调跟开盲盒差不多。可当时战战兢兢的我却只记住了最后的whatever，以至于许久之后在微信里聊天，还是会在输入法里选错字。

"科"，"柯"还是"轲"？

其实是"珂"。

珂有一双深邃的大眼睛，老天爷还特别锦上添花地给了他一对深刻的双眼皮，这让身为女生的我实在羡慕不已。

珂五官周正，活泼开朗，喜欢歌手张宇，喜欢穿优衣库，喜欢用无印良品。有着良好生活习惯的他，属于那种女生只要见了都会产生好感的类型。

果然，珂在邮轮上，所到之处蜂飞蝶舞，你刚看到一个客房部的妹子在和他聊天，不一会儿又有个酒吧的姐姐来询问他在何处。

是聊还是撩，没人清楚。

似乎，在那年的黄金公主号❶中国航季里，就没有他不认识的中国妹子，或者更准确地说，是没有不认识他的中国妹子。

爱社交的人都有共同的特点，就是口才好，这也是我最佩服珂的一点。珂曾经前往丹麦做交换生，口语实力过硬，和国外员工交流可以直接用英语互怼。除了发音标准外，说话语速也很快，我自愧不如。我是属于一旦说话快了，思维就跟不上节奏的人，用英语交流时，慢慢说，才能说清楚。在以英语为官方用语的邮轮上，一口流利的英语是显而易见的优势，和外国同事交流起来不费劲，哪怕对方有着奇怪的口音，珂也可以很容易地从一个简单的问候切入和外国同事套近乎，迅速成为好朋友。

因为英语好，珂顺理成章地成了中国航季的兼职翻译。摄影部里所有电子产品的英文简介以及影像长廊的英文标识都由珂一个人完成翻译任务。

当然，翻译的工作不是那么好做的。中文的许多词汇表达与英文有出入，而且中文重意会，如果由英文单词直白翻译过来很容易会错意。

比如，在邮轮正装晚宴的那天，有一项邮轮的传统保留项目——香槟酒塔。英文称为champagne waterfall，中文如果直译过来是香槟瀑布。问题就出在这个waterfall上，英文好理解，香槟倾倒下来的感觉就像瀑布一般，可中文如果直接叫香槟瀑布就有些奇怪。因为酒塔一定发生在邮轮的中庭广场，

---

❶ 黄金公主号（Golden Princess），已经于2020年离开公主邮轮船队，转到 P & O 澳大利亚邮轮公司，更名叫太平洋冒险者号（Pacific Adventure），国际邮轮公司之间因业务需要买卖船舶是常态。

所以珂将它翻译为中庭酒塔，信达雅，挺好。

可偏偏实验室经理托马斯是一个特别轴的人。他指着"酒塔"这两个汉字问珂："Is it waterfall？"（这是瀑布的意思？）

珂诚实地回答："NO."（不。）

"Oh，no no no，change it."（不不不，改掉它。）

"But，it is not correct if we use 瀑布 to represent waterfall."（但是如果用瀑布来代表酒塔并不准确。）

"Change it！"（改掉它！）

于是乎，整个黄金公主号的中国航季我们用了更加不伦不类的"中庭瀑布"来称呼香槟酒塔。

比起翻译标识来，更难翻译的是投诉。

没错，珂还承担了大部分在中国航季客人投诉的翻译。

有一次，一位中国台湾顾客要退还已经卖出去的相机，而摄影部门的规定是，电子产品一旦售出，如果是开封过的，一般是不予退还的。客人执意要退，便和经理开始争执，客人不会说英语，经理不懂中文，珂自然就成了翻译者。这场争执持续了近半个小时，珂翻译得很投入，面色通红，语调高扬，看起来倒像是珂在和这两个人同时吵架。

珂除了英语好，日语也不错。

日本对于旅行者来说有各种好，城市干净，交通便利，人们彬彬有礼，还有超好吃的日系料理，可唯有一点极其不好，就是日本人基本都不会说或者不怎么说英语，哪怕是年轻的学生。

在无法用英语沟通的城市旅行，迷路有时候并不可怕，因为问路有可能更让人绝望。

黄金公主号停靠神户的那一天，我和珂结伴出游。目标北野异人馆，从南京町出发，我一直自诩为路霸，方向感是一等的好，但在选择路线上还是犯了难，不确定哪条更近。这时迎面走来了一位七旬老太，我正犹豫要不要动用肢体语言问个路，耳畔突然冒出了一句："多以可麻思嘎。"

"你会说日语？"我惊讶地看着珂。

"是呀，以前学过，没想到派上用场了。"珂说着，嘴角流露出自然的笑意。

身边多了一本活字典的感觉真好。于他，则是多了一本活攻略。

珂和我一样，都是爱旅行的人。我是一个喜欢提前做好旅行规划的人，要去参观的地方，行前都心里有数。他是随性的人，到达一座城市，可以什么都不做，找个咖啡馆，点一杯咖啡，坐一个下午，便是享受。

大多数的邮轮会连续两三个月都在固定的航线上航行，在有些港口的停靠次数能多达十几次。比如冲绳首府那霸港，我到访了18次，每一次停靠前，我都提前做好攻略，一次下港就深入了解和游玩一个景点，这样基本下港四五次，就可以玩透一个城市了。

神户港，却在整个航季中只停留一次，所以更加珍惜，有一种恨不得"一日看尽神户花"的心情，还好当天停留时间足够长，也让我和珂有了一种真正的旅行者的感觉：参观大海神社，偶遇了一场传统的日本婚礼；经过北野异人馆，坐上缆车俯瞰整个神户城；访问了六甲山山顶的一座芳香博物馆；最后在南京町的一家传统餐馆品尝了地道的神户牛肉。

在第一个合同结束后，我曾经试图整理神户的这段游记，可是却对经过的景点只有模糊的印象，记得最深的竟然是珂一直在旅途中重复的一句话"思高咦！ 这才是真正的旅行嘛"，以及他对牛肉中肯的评价"牛肉就应该吃五分熟的"。

此前，我一直觉得七分熟的才是好。可神户之行以后，我只吃五分熟的牛肉了。

某个阳光明媚的午后，在邮轮14层的自助餐厅里，珂和我聊起了他的故事。珂的家庭很传统，但也有着传统家庭都会面临的问题，珂的父母总是吵架，而且动不动就会提离婚，负面能量接收得多了些。

也许传统家庭给珂带来的不安定感使他决定不要结婚也不要孩子。至此，我明白，珂与女孩们的聊天，从来只有聊没有撩。

不过长相不错又口才好的男生很难不引起异性的注意，珂的身边有许多袁湘琴，可惜他不是江直树。曾经有女生上演了一出千里送，结果追到了珂家乡的车站，被珂硬生生地说了回去，然后，就没有然后了。

对待感情，珂说，自己就是那种80℃的男生，热得很快，可惜却永远达不到沸点。既然传统的稳定并没有带给珂稳定，珂就向不稳定中去寻找他要的稳定。培训机构的老师和邮轮摄影师，这些自由度很高的职业成了珂列表里的选项。可惜，邮轮上的工作再次触动了珂的不安全感。珂在蓝宝石公主号的第一个合同就遇到了极不愉快的事情。上船的第三天，珂的相机不见了。

这很要命。

邮轮摄影师的相机是由公主邮轮公司提供的，Nikon-D300，每个人人手一台，在合同期间，相机由每个摄影师自行保管维护，合同结束后归还，如果有配件损失，要照价赔付。不仅如此，还会作为职业生涯上的一个污点予以警告。

邮轮上的工作和陆地上的体系完全不同，初入邮轮的新人会一次性接收很大的信息量，本身就迷茫中带着惶恐，而珂现在又摊上这样的大事。

糟糕的事情通常都有相同的故事发展方向。

找不到相机的珂开始心急，然后便向同事询问，时间一久，询问就变成了质问，最后惊动了经理，便成了责问，甚至有人怀疑珂是故意偷走了相机。

谢天谢地，最后找到了相机，是一个菲律宾员工拿走的，原因不明。

尘埃落定，可是珂依然希望有一个公平的定论，毕竟在这一件事情中，他被无故冤枉了。可是经理并没有惩处那位员工，事情就这样过去了，不服气的珂就去找邮轮上的人力资源经理表达自己的不安全感。

"Now, camera is found, it is already finished, if you continue to do so, I will call security."（现在相机已经找到，这件事就这么结束了，如果你继续和我无理取闹，我就叫安保了。）

人力资源部经理的回答触碰了珂的安全感底线，珂立即申请离职，自己购买了从新加坡飞往上海的机票。

从入职到离职，珂的第一个合同只有五天半。

回国后不久，珂就收到了来自总部的邮件以及视频电话，询问事件发生的始末，表示已经惩罚了那位菲律宾员工，并且重新给了珂黄金公主号的合同。

这一次珂在澳大利亚登船，一路航行回中国。

"我在墨尔本见到了我的好朋友，我们一起约着玩了一天，我还去了新加坡，那是我最喜欢的城市，我觉得够了，真的很满足了。现在我想离开了，有些事情尝试过就好了。"

好在邮轮的工作是合同制度，也很灵活，如果员工因为个人事由可以随时提出离职，终止合同。步骤简单，先找经理通过申请，然后找人力资源经理签字就可以，不过，在合同期内离开，要自行负担回国的机票费。

黄金公主号的中国航季接近尾声的时候，珂越来越多次地提到离职。我以为他所说的离职是在一个合同结束之后便换另一份工作，可是没有想到，他会如此之快地作出决定。

珂离开的前一天，在影像长廊旁的舵手酒吧里唱了一首张宇的《雨一直下》。

珂说话的声音是标准的清脆中频，但是一唱歌却变成了略带沙哑的低频，这嗓音还真像极了张宇的原声。原来一个人唱歌的声音和说话的声音可以差别那么大。

"雨一直下/气氛不算融洽

在同个屋檐下/你渐渐感到心在变化

……

舍不舍得都断了吧

那是从来都没有后路的悬崖"

摄影部门有一个传统,如果一个员工离职或者离开,同寝室的室友需要为离开的室友制作一个离别卡片,形式随意,然后部门所有的其他员工都会在卡片上留言寄语。在离开的前一晚还会在员工酒吧里开一个离别小聚会。

但随着中国航季的结束,部门里的中国员工也越来越少,等珂申请离职的时候,部门里就只剩下了珂和我两个中国人。做离别纪念卡的事情自然就轮到由我来完成。

不像精通PS的同事们,小小卡片可以两分钟解决。我裁剪出半米长曝光了的无用的富士相纸,将所有工作过的员工们的头像贴在上面,仿佛像一张长卷一样。然后请所有部门同事在相纸上留言,最后在长卷的开头部分写上"80℃男孩"和珂的中文名字。

收到离别纪念卡的珂开心得像个孩子,手上还拿着从船员办公室里获得的最后一笔工资。

珂打开贺卡长卷,有几秒钟的沉默,突然掏出一支黑色马克笔,默默地将贺卡上自己的名字从"轲"改成了"珂"……

珂离开后不久,黄金公主号也结束了中国航季上海母港的航行,重新回到基隆港,而我则成了部门里担任中文翻译的人。翻译的时候,我把中庭瀑布改成了中庭酒塔。新任的实验室经理问我:"Are you sure?"(你确定吗?)我斩钉截铁地回答:"I am sure."(我确定。)

Bingo! 问题解决。

离开邮轮后，珂去了自己的家乡，当起了当地新东方学校的英语老师。不过，不到半年又辞职了。

后来，珂申请了打工旅行签证前往了澳大利亚，疯玩了一阵后，选择了悉尼暂居，在一座高级酒店里当起了服务生，慢慢攒钱，等着将工作签证转成学生签证，再继续去完成他的留学梦想。

⚓ 英国绅士

他，纯正的英国血统，身高一米九，一头灰中带白的短发，一下巴棕色中带着点金色的短刺胡须。因为年轻时工作的时候左腿曾经受过伤，他走路的时候有轻微的跛足，跛足带来的是高低肩，说话的时候也会有意无意将头偏向一边。一派英国绅士作风，说话态度永远是和缓的，哪怕是生气骂人又或者是取笑人，也总是带着英语中的谦辞。

这就是我的第二任经理，史都华，作为黄金公主号的正式经理，他陪我度过了整个中国航季5个月的漫长时光。

经理风格影响团队气氛，史都华接手后的摄影部成了一个安静的世界，少了许多浮躁和抱怨。

对比黑瑟尔，我更深刻地认识到了经理的管理经验是多么重要。经验丰富的管理者有自己成熟的管理逻辑，分得清主次矛盾，理得清先后顺序、轻重缓急。比如，史都华从来不会对员工的头发发表任何意见。

史都华接手后的第一次部门会议，他发给了每个员工相应的考核标准表和职位要求表，从客户服务到销售评估，从器材管理到公司的核心价值，每一条都有各自的明确要求，让我终于不再对这份工作的要求摸不着头脑了，而这些基本工作表格，却是我在工作一个月后才收到的。

同时，史都华还有不俗的品位，白金影像的宣传桌就是一个例子。黑瑟尔在的时候，为了突显白金影像的展示，在桌子的旁边放置了一竿支撑架，架子上固定了平时拍摄肖像照时用的又大又圆的照明灯，灯下还拖着一水儿的电线，亮是亮了，可是非常不雅观。史都华撤去了这灯，也不知道从哪儿弄来了一盏复古台灯，将它往展示桌中间一摆，立时，简洁优雅，昏黄的灯光还有种很温馨的氛围。除此之外，史都华还请人修复了相片架的破损处，对柜台和展示桌的陈列也提出了具体要求，一切都变得井井有条起来。

史都华接手一周后，黄金公主号的摄影部迎来了一件大事——公主邮轮摄影部的总负责人卡梅隆（Cameron）将亲自登船进行5天的检查。当时，公主邮轮有意打开中国市场，当黄金公主号进入中国首航，领导者对于新兴市场的特点自然有必要亲自了解。

史都华的应对方式是，将摄影部在欧美航线的运营模式全部在中国航季实行，然后根据中国市场的特点做出调整。

果然，这样的做法让卡梅隆很满意。海上日13个小时的销售时间；拍摄港口纪念照，必定等到邮轮上只剩下少于300人；最严格的是正装晚宴，此前，我一直觉得正装晚宴除了衣服上多一件黑色马甲外没什么变化，但现在的每个正装晚宴是一个航程中除了登船日最忙碌的日子。如果是正装晚宴日，影像长廊一到下午一点就关门了，所有员工按照排班表到各自的指定楼层搭好摄影背景，设置好灯光。下午四点半，实验室开会，五点开始，全体出动拍照，有的拍肖像照，有的拍活动照，有的拍晚宴照，一直到晚上11点结束。不仅活动模式化了，连拍摄数量也有了指标，曾经只拍出过9张的我，在那一次正装晚宴的拍摄任务中，同样的时间段拍出了190张。也是从那时候起，我真正感觉到自己在从事一份非常标准化的工作。而卡梅隆离开前还和所有员工进行了一次圆桌会议，就中国航季的一些特殊点提出了自己的建议。

有了最大BOSS的信任和支持，史都华开始大刀阔斧地创新起来，最精彩的部分当属层出不穷的销售策略，基本每两个航程就换一种玩法，他的销售策略不仅有趣还很有中国特色。

第一招，降价。将所有相片和相关套餐的价格下降一半，这主要考虑到美元和人民币之间的汇率。原本20美元单张照片的价格下降到10美元，但是，10美元相当于60多元人民币的价格对于大多数中国乘客还是贵的。

第二招，促销。推出早鸟特惠，套餐买得早，优惠就越多。推出相片套餐，同一张照片设计出不同的边框，两张一起买会比单买两张相片的价格略低一些。总部给每个航程发放的总销售指标其实是由相片、零售品、白金影像工作室和邮轮录像四个部分构成，仅达到总指标和同时达到各类别指标所得到的提成是有差别的。因此，史都华还推出了与相框、相簿等进行搭售，在卖相片的同时带动零售品的销售额。

第三招，抽奖。每购买一张照片都能获得一张奖券，持有奖券便可抽奖。每次到抽奖的时候，柜台前都围满了人，人都爱凑热闹，果不其然，抽奖活动给冷清的影像长廊带来足够多的人流量。

第四招，联谊。在国外航线，航程的最后一天是摄影部非常忙碌、忙于销售的一天，因为乘客都会选在最后一天来买他们心仪的照片。但在中国航季，乘客们在最后一天都在导游的"鼓励"下打包行李，结了账，导致在中国航季，摄影部每个航程的最后一天都是门可罗雀。于是，史都华就和娱乐部合作策划联谊。中国航季航程的最后一天，娱乐部会在晚上推出气球派对，大量气球会在最后一天从中庭广场的顶端掉落，此时，如果乘客拿到气球来到影像长廊，就可以有买三赠三的优惠，相当于半价，这样充满参与感的活动果然吸引人。随着此起彼伏一个个气球被戳爆的声音，销售经理安吉罗每到此时都会拿出自己的小音箱，在影像长廊里播放爵士乐，员工们跟着跳舞快闪，让原本非常冷清的最后一天变得异常热闹。

这些销售活动果然成功将中国乘客套路了一把，史都华每个航程递交给总部的业绩表都比黑瑟尔在时好看太多。卡梅隆也因此对史都华在中国航季的管理更加放心。

但其实我们都知道，业绩好看除了销售策略正确和员工努力外，还要归功于同行衬托。彼时，公主邮轮在中国市场投放了以上海为母港的蓝宝石公主号和以天津为母港的黄金公主号，同在中国航季的两艘姐妹船成了显性的竞争关系。但蓝宝石公主号已经运营了近一年，而且上海作为邮轮母港也已许多年，长三角的客人对于邮轮旅行早已不新鲜。而天津母港才刚刚建设完成，北方的游客对于邮轮依然陌生，这种新鲜感显然有助于他们在邮轮上多消费。果不其然，每个航程，黄金公主号的销售额几乎全面碾压蓝宝石公主号。

每个航程结束，摄影部的总负责人都会和各个经理通电话进行复盘，于是经常出现的对话如下：

对史都华：

"嗯，不错，继续保持，×××方面还可以提升一下。"

对蓝宝石公主号的经理：

"怎么回事！又和指标差那么多，你看同在中国的黄金公主号就能做好，你为什么不可以？！"

领导的肯定让史都华开始变得飘飘然，不可避免地变懒了。而变懒的过程中，又被添加了一种致命的催化剂——爱情。任何人一旦陷入了热恋，便要交出一部分理智，不论性别、年龄和国籍。

史都华和娱乐部的中国女孩一花坠入了爱河。一花不似中国的传统女孩，作风大胆开放，与史都华相恋的事很快在全邮轮人尽皆知。他们一起到港游玩吃烧烤，一起参加邮轮的员工活动，更是在大型的节日庆祝时跳入泳池拥吻，用各种可能的方式秀尽恩爱。据说恋爱中的人变得柔软和感性，史都华恋爱了以后，便开始了极为人性化的管理模式。

邮轮航行至中国台湾后，13个小时的工作强度变成了8~10小时的悠闲生活。史都华充分发挥娱乐精神，会在正装晚宴玩cosplay和游客合影。他更是自掏腰包请娱乐部的舞者在拍港口纪念照的时候来化妆扮演，让我们摄影师有更多的时间下港游玩，同时还请这些舞者来监督协助管理影像长廊，防止客人翻拍照片，而摄影师就只管收钱。

这样的日子很快随着舞者们的合同到期而结束，但是史都华的懒却成为一种习惯，这种懒也慢慢变成了不负责任。

对部门业务不再过问，将权力全部下放给销售经理安吉罗和实验室经理费尔马。除了例会和正装晚宴，普通日子很难见到他。

排班表开始了前所未有的固定，再也没有了轮流和替换，打错日期成了家常便饭，更有一次竟将一个早已结束合同的摄影师的名字列在了排班表上。

评判一个经理究竟好还是坏，不是在他到来的时候，而是在他离开的时候。

史都华离开的时候，把所有能移交的工作都像踢皮球似的给了他的下一任经理，更寒心的是他对中国员工的态度。当中国航季结束，曾经的中国员工两个转船，一个被强制辞退。而另一边的菲律宾员工们，两个连升两级，一个升为正式经理。

他曾经将团队分成两派，说汉语和说英语的，只是在他不在的时候，那些他以为说英语的人从来都只说着他们的母语。

其实在他心里，他一直以为，中国航季时中国员工拥有语言优势，即使销售量高也是理所应当，可当他离开前的最后一个航程，当邮轮离开亚洲前往大洋洲时，船上的客人都是澳大利亚人和新西兰人，可中国员工的销售额依然强势压过菲律宾员工。史都华很惊讶，可我不知道他有没有对自己的误判感到过后悔。但为时已晚，所有盖棺定论的员工评定在还未离开中国航季时就已经写好。

史都华说他喜欢中国航季，所以结束黄金公主号的合同后又申请去了还在中国的蓝宝石号当经理，但真实原因大家都懂，一花小姐也在蓝宝石。

据说，史都华到了蓝宝石公主号后日子非常难过，因为自从黄金公主号到达了大洋洲，就只有蓝宝石在中国运营了，没有了比较对象，也就成了业绩最差的众矢之的。史都华也因此承受了来自管理层的巨大压力。

当然，经理从来不会压力大，他们会把压力转移给员工们，史都华也被冠上了"白发魔女"的称号。在屡试无果之后，史都华放弃了，据说，后来蓝宝石公主号上的中国员工们过的是全航线中最安逸的日子，朝九晚五，连港口纪念照也被取消了。

　　不过史都华和一花的爱情却依然继续着、甜蜜着，他们还正式结婚了，也算修了份正果。

⚓ 绯闻男孩

人总是会对和自己相像的人更快地产生好感，比如拥有相同的爱好，相似的经历或者相仿的容貌。

对于拿破的第一眼好感就是因为——我们都戴着牙套，只不过我还在矫正阶段，他已经戴着保持器了。

拿破的名字是拿破仑的简化版，一个来自菲律宾的男孩，肤色较深，浓眉，大眼睛，厚嘴唇，笑起来会露出一排整齐的洁白牙齿，非常迷人，有时候架上一副黑框眼镜，就又添了几分艺术家的气息。但真正第一次让我留下深刻印象的不是他的外表，而是他的"内在"。

某晚，他正在宿舍外的走廊里上网刷着手机信息，正巧被我和珂下班遇见。他身穿一条沙滩裤，上身赤裸，两根锁骨下方，一左一右，有两个扎眼的圆形纹身。

"他把朋友圈文身上干嘛？"我问珂。

事实证明，话说得太快，容易被打脸。很快，我就感觉我的左脸热乎乎的了。

"什么朋友圈啊，你看仔细，那是光圈。"珂回答道。

我恍然大悟，同时为自己身为摄影师而感到羞愧。仔细一看，果然，左右两个圆圈中间的孔还有大小。

"左边是f5.6，右边是f2.8，一个拍室内，另一个拍室外，是我最喜欢的两个光圈大小。"拿破一边向我们解释着，一边继续看他的手机。

三秒之后，我感觉我的右边脸也热乎乎的了。当我掏出自己的苹果手机时却发现拿破用的竟然是华为！

"他用华为哎！"我对着珂惊叹道。

"肯定的，因为便宜。"珂倒是丝毫不感到奇怪。

"嗯，我们那里很多人都用华为。"

这句话也让我对这个异国男孩又多了一分好感。

拿破的父母有自己的婚纱摄影工作室，拿破从小耳濡目染都是和摄影有关的东西，是名副其实的摄影二代。由于他的技术过硬，在邮轮的第一个合同里，他就已经开始拍摄邮轮婚礼，而拍摄婚礼通常都需要五级以上的高级邮轮摄影师才行。

中国航季给了拿破一个绝佳的施展摄影才华的平台。公主邮轮有一项私人影像服务：白金影像工作室，但黑白色的照片在中国航季不太吃得开，而且单张150美元起的价格也让多数中国人望而却步。

于是，就有了私人影像体验服务，说得直白一些，就是邮轮跟拍。摄影师在邮轮上选好10个左右的拍摄点，带领乘客前往指定的拍摄点拍摄，然后有套餐供游客选择，先拍摄后付钱。而拿破就是团队里负责邮轮跟拍的摄影师，我和珂则轮流成为他的随同翻译。

不久之后，拿破的绯闻出现了。

绯闻的来源是邮轮的SPA中心，SPA水疗中心的布置非常有特色，是东南亚风格，而且平时去的人少，安静，是拿破选定的一个固定拍摄点。这一来二去，SPA里的女孩们就认识了这个经常来她们地盘拍照片的帅气男生。因为工作，拿破自然也对她们的示好礼貌回应。

绯闻就像火灾，在邮轮这个封闭空间里迅速蔓延开来，并朝着严肃方向急速发展。

"你知道吗？已经7个了，SPA的，客房部的，餐厅的都有，昨晚还有女生给他打电话呢！"

第一次听到这句话是出自拿破的室友加雷斯。

"是的，我也听说他已经和7个女生传出了绯闻，花花公子一个。"一旁的白金摄影师星烨附和道。

我以为这些只是他们开玩笑说说的，但也明白三人成虎的威力。第二天我就意识到了问题的严重性。当时我正在食堂用餐，突然，一个在酒吧工作的中国男员工坐到我身边："听说你们部门一个叫拿破的摄影师和很多中国女生'交好'，是真的吗？"

"假的吧，没有的事。"

"可是大家都在议论，尤其是SPA的女生。"

"……"

紧接着下一个航程，正好我和拿破分到同一组拍摄登船照片。看他一脸纯真的模样，想来对这些流言蜚语还并不太了解，我就好心提醒："他们都在议论你，说你睡了SPA的姑娘。"

"什么！根本没有的事，她们其中有几个确实对我很好，我都当她们是朋友，你了解我的。"

"不……我不了解。"看着他脸上似笑非笑的表情，毫无严肃可言，连我开始疑惑了。

"难怪昨天我打开社交软件的时候，有莫名其妙的留言，说什么离他女朋友远一点，不然就要来揍我，我还在想怎么回事。而且昨晚我在员工酒吧喝酒，一个人从我面前走过还对着我竖中指，我现在有点儿明白是怎么回事了。"

"你真的什么都不知道？"

"我真的什么都不知道呀！"

看他那错愕而慌乱的表情，估计绯闻不是真的。

绯闻来得快，去得也快。过了几天，也就没有人再提起这件事情了。但拿破和各部门的姑娘们之间的暧昧却升级了。客房部的姑娘经过影像长廊，会很热情地和拿破打招呼，还会给个热情拥抱。SPA的姑娘还邀请过拿破单独吃饭，吃完了还把照片发在社交平台上。

拿破的暧昧圈很快扩大到了乘客。喜欢拍邮轮写真的大多是女生，而且美女很多。摄影师总说，情深才有景深。那些美女乘客们通常都先被拿破帅气的颜值所折服，紧接着看到照片中被他拍得美美的自己就很快倾注芳心。拍完照后，许多美女乘客都会留下拿破的联系方式以求将来有缘再会。更是有位20岁的姑娘在拍照中对拿破一见倾心，还偷偷递了情书，送了礼物。结果，那张情书被室友加雷斯恶作剧般地贴在了他们宿舍门口，几乎所有经过的人都能看到。

因为这些绯闻，我跟着身边的菲律宾同事学会了生平中第一个菲律宾单词"巴巴艾洛"，意思是撩妹高手。如果看到拿破和别的部门的姑娘眉目传情，就不忘送他一句"巴巴艾洛"，拿破一听，立即用那软绵绵的调子回复"No, I am not"。这样的对话几乎成了日常梗。

后来我发现，拿破的桃花多绯闻多是有原因的。

他的眼睛里就带着桃花，一个眼神飘出去就收不住的那种。而母语的影响也很明显，在菲律宾语言中，大部分的话语结尾都会带上扬的语调，不似汉语这般字正腔圆，每次我和团队中的其他中国同事聊天，说话声音稍微响了一点，拿破就会眼睛睁得大大地语带焦急地开始劝说"no fighting, no fighting，别打架，别打架"。拿破的英语受了母语的影响，也变得软绵绵的，就这样无意中风骚地撩了妹子。

拿破还是个会一本正经开玩笑的人。他最喜欢开的玩笑是藏钥匙，而我偏又是个很会丢钥匙的人。收银卡，宿舍门卡，实验室钥匙和影像长廊的钥匙全部挂在一个钥匙圈上，可有时刷完收银卡，就会顺手将收银磁卡放在收银机旁边忘了取。

"咦？我的收银卡呢？你见过吗？"

每次这样问的时候，拿破一脸无辜地说没有，但等我找到了再去看他时，他永远都是一副做了坏事得逞的表情。

每一次，他都喜欢把同事落下的钥匙藏起来，他经常选择那些常见但又不容易被注意的地方。比如，壁挂式电话机的螺旋线上，橱窗里陈列的相框后面，又或者是将两串钥匙挂在一起，使个障眼法。这个把戏他一直玩到了合同结束。

在他黄金公主号合同结束的最后一天晚上，我们团队整理完所有物品结束营业，突然，我发现我的钥匙又不见了，翻了各个柜子、橱窗以及电脑键盘底下，哪儿哪儿都没有，很快，我把第一嫌疑人锁定在拿破身上。拿破又是一脸事不关己的无辜表情："真的不是我。"拿破无辜地咧着嘴。

想想也是，他就要离开了，不至于再玩这些把戏。可是如果我到处都找不到的话，丢掉钥匙是要给一个正式警告的。

那个晚上，团队里的所有人都在庆祝拿破顺利结束合同，只有我心事重重地想着我的钥匙丢哪儿了。

第二天一早，拿破来向每一个人做最后的道别，我还是闷闷不乐："我的钥匙还是没找到，真的想不起来在哪儿了。"

"哦哦，正式警告一个哦。"安吉罗在一旁起哄道。

"找找橱柜里，放照相机配件的盒子里。"

一听到拿破这样说，我立马转身去翻柜子，果不其然，我的钥匙就和其他配件一起放在盒子里。"我就知道是你！"我当时恨不得将钥匙直接甩到他身上。这也成了我对拿破说的最后一句话。

拿破就这样坏笑地看着我向我告别。

抛却绯闻和这些小恶作剧，拿破在工作上还是很职业化的，拍港口照扮演海盗的时候，大声吆喝吸引游客，两个小时就把嗓子喊哑了，扪心自问，我做不到。

空闲的时候，拿破手里总是玩着一个GoPro，自拍、合影和录像都用它。拿破的第一个合同在红宝石公主号，一艘容纳4000名乘客的大船，每天连轴转地工作。

"你知道吗？我工作的第一周就想辞职了，我曾经想过去按火灾报警器，这样我就能被遣送回家了。和红宝石的工作强度相比，中国航季简直就像在度假。可是我还是坚持了下来，因为我需要这份工作经验，菲律宾人喜欢拍照，摄影师在菲律宾很受欢迎，如果有在邮轮工作的经验就会更受欢迎。"

他不止一次和我这样说："我不在乎去哪条航线，只要能赚钱就行。"这也是许多菲律宾员工的答案，非常真实。

因为在邮轮跟拍产品上的贡献，拿破被史都华连升两级。部门经理在选人上有一定的权限，如果经理喜欢一个人，就可以点名让他来自己所在的邮轮工作。而拿破下一个合同，更是被史都华点名去了蓝宝石公主号，继续发扬邮轮跟拍服务。

后来知道拿破的消息，基本都是来自他在社交平台上的发布。比如，和史都华一起在日本别府泡温泉，在度假时前往沙滩裸泳，也在蓝宝石公主号上正式交往了一个中国女生，确定了关系。

那女生，是SPA部门的。

⚓ 实验室里的老师

人家技术比你好你得承认。

人人皆可为师，这只与专业技术有关，与国籍无关。

摄影部的实验室经理是公认的技术流，主管部门里摄影器材的维护更新和相片的后期制作。

在公主邮轮的工作中我遇到过四位实验室经理，有经常自问自答，冷不丁就甩一个黑色幽默的托马斯；有特别照顾女生，什么活儿都不让我干的杰夫；还有一板一眼，正经严苛的詹姆斯。但是教给我最多知识的是费尔马，我实验室里的老师。

费尔马可能自己都不知道，他登船的时候，大家其实是抱着看戏的心态去迎接这位新到来的员工。

"一山不容二虎，自古部门里如果有两个五级摄影师，那么这两个五级摄影师必定会打一架！"托马斯在例会上一边调侃，一边用余光扫了一下正在角落的加雷斯，又向余下的摄影师们使了一个眼色。

"偏巧这个新来的五级摄影师比加雷斯还大半级，他比你更早一个合同获得了晋升，加雷斯你要小心了哦。"

在公主邮轮的摄影部里，五级摄影师是一个尴尬的位置，介于管理层和非管理层之间。对于那些没有被高层看好的摄影师而言，五级就是天花板。在五级摄影师的位置上，如果不升级，可能一待就是三五年，甚至更久。

彼时，黄金公主号里就有一位五级摄影师——加雷斯，而公主邮轮的摄影部门里不知道又有多少加雷斯。这些加雷斯们都有着往上晋升的心，成为销售经理、实验室经理甚至部门经理，彻底地跃升一个台阶。

加雷斯脾气臭，说话硬，但碍于工作中的等级制度，不知藏了多少敢怒不敢言。这下好了，又来一个五级摄影师，如果能压得住加雷斯的气势，或者至少能平分秋色，大家都乐见其成。

可万万没想到，这位在大家的假想中被委以重任的五级摄影师是一个——霍比特人。

费尔马的个头很矮，不到一米五，但是五官立体，很帅气，架着一副黑框眼镜，带有一丝学者气，因为个头小，更是自带萌点。

第一次和费尔马有交集是一起合作拍摄登船照。照例，身为五级摄影师的他应该负责拍摄，而作为新人摄影师的我则应从旁协助，疏导人群前往背景前拍摄。

"你之前拍过登船照吗？知道怎么拍吗？"费尔马的声音很低，语气很和缓。

"没有，但大概知道构图。"

"来，拍给我看看，我当模特。"

说完，便站到背景前，微笑，眯住一只眼睛，双手竖起大拇指。

咔嚓——

"嗯，头顶到取景线要有大概一个苹果的高度。"他边说边用食指和大拇指比划出一个大致的距离，同时重新调整了曝光距离和强度。

"再来。"

费尔马摆出同样的姿势。

咔嚓——

"嗯，我看看，不要切到手，取景的下端要取到被拍摄者的双手手指尖以下，再来一次。"

咔嚓——

"嗯，非常好，就是这样。接下来你来拍吧。这已经是我的第五个合同了，我拍过太多太多遍了，已经厌倦了。"

我顿时心想：好家伙，把我教会的目的原来就是让自己偷懒呀。

"每一个合同我都会遇到新摄影师，我都会把我会的无私地交给他们，因为我知道，如果他们学会了，我就轻松了。"费尔马一顿一顿地说道。

看来是我小心眼了，费尔马只是单纯地从一个职场前辈的角度希望后辈能尽快掌握他们应该掌握的职业必备技能而已。

善为人师，这是费尔马的特点。

"Song，快过来。"费尔马站在一排刚摆出来的肖像照面前唤我，"你看看这些肖像照，告诉我，你觉得哪几张拍得好，为什么？"

说实话，刚作为摄影师的我还没有拍肖像照的资格，我随手点了几张，并很诚实地回答不知道。

"这张，还有这张，还有这几张都不错。"费尔马一边指，一边解释，"因为在这几张肖像照片上，乘客都露出了两只耳朵。"

我一看，果然如费尔马所说，他选的好的肖像照中，乘客都露出了两只耳朵。

"难道露出两只耳朵就是好的肖像照，可是它们很多看起来并不好看呀？"（大多数的人都是稍微侧转一些脸的时候更美，因为世界上左右两边脸完全对称的人只有少数。）

费尔马缓缓地点点头："你可以适当调整角度，但是一定要露出两只耳朵，因为这是我们公司的标准。Song，相信我，按标准来，非常省力，你拍照也会轻松很多，正装晚宴的餐厅照也是如此。"

从那一天起我才知道，原来邮轮摄影师拍摄的照片是有标准的，而不是随意发挥的，邮轮上的相片是一种产品，一种标准化程度高且可大规模批量生产的产品。

弗尔马教完标准化拍摄，接着是教销售技巧。

"Song，你平时是怎么劝说客人订白金影像工作室的相片的，跟我讲讲。"

"我一般都是直接介绍，把白金影像照片的特色和价格说清楚，也会具体一些介绍，比如全黑白艺术照、独特的打光、纯手工的后期制作、会直接寄送到家、没有寄送费等。"

费尔马点点头，"白金影像的照片和其他照片的最大区别在于它是非常具有感情色彩的，它可以完全不讲构图，重点表达出被拍摄主体的感情。我一般都会从感情切入。曾经我的经理让我们团队每一个人展示如何去说服她预订，我说'这位女士，你见过你丈夫看你时的微笑倒映在你眼中的样子吗？'我一说完，经理就流泪了。"费尔马搓了搓手，一边带着感慨的微笑，继续说：

"可惜我在中国航季，不会说中文，如果是在国外航线，只要我在影像长廊里，每一分钟，我都会去和客人聊天，和他们问候，向他们推荐，我不喜欢闲着，我一定要让自己忙碌起来，我曾经在一个航程里拿下过5个订单，卖出过近6000美元，那一个航程我获得了在墨西哥港口一天的休假。"

也许，这段关于订单的故事是费尔马职业生涯中非常值得骄傲的一段，之后的整个合同期内，无论是教育新人、传授经验还是显示能力，费尔马将这个故事反反复复说过不下十遍。

说一个演员演技好是对演员的肯定。同理，说一个摄影师照片拍得好是对摄影师的表扬。

在肖像照的出片效果上，我对费尔马是绝对服气的。

在摄影部的众多背景布中，大家公认最好的是黑色背景和白色背景。每次白背景和黑背景的照片一出来，我都会一张张过目，那些创意构图和摆拍姿势，我都会偷偷记下留给自己以后拍摄用。白色背景活泼，富有创造力，黑色背景沉静内敛，适合肖像摆拍。因为是纯色，更凸显了人物，相片也更富有艺术感，显得更高级，要掌握黑白背景肖像拍摄需要一定功力，因此，黑白两种背景的肖像照拍摄者通常是高级摄影师。

费尔马擅长的是黑背景。

拍摄单人女性，他会让女子用右手食指前端轻抵下颌，左手轻握右手手腕，因为亚洲女子手指多纤细，出片效果总能凸显出女性特有的妩媚优雅。

拍摄夫妻，他会调整座椅的高度，永远让男士稍微高于女士，等两人相识一笑，他瞬间定格。

"拍摄夫妻时，你让他们靠近些，再靠近些，他们一定会笑的，他们刚开始拍照片可能会觉得很尴尬，但等他们靠近微笑以后，一切就变得简单了。"

拍摄一家三口，他会让孩子坐在正中间，父母同时亲吻孩子的脸颊，镜头稍微旋转，在父母轻触孩子脸颊、将吻未吻之际定格。最后的成片中，左侧母亲的嘴角连接孩子的微笑再连接到右侧父亲的嘴角，正好是一条优美的弧线。

最棒的构图里总是隐藏着最简单的几何图案，这是大自然决定的美。女士叉腰时的S型，夫妻牵手时的心形，孩子将手搭在父母手臂上时的等边三角形。如此简单却又灵活的构图，我在费尔马的肖像照里看到了，也学到了。

费尔马还教我如何提高拍摄速度。

每个正装晚宴的肖像照拍摄都像是一场战斗，背景布前会排起长长的队伍，摄影师都会拼命按快门来获得最大拍摄张数。

定位定点，这是费尔马的原创。在拍摄参数都固定的情况下，构图只受距离影响。而邮轮的正装肖像照无非是单人竖构和双人横构两种。费尔马的建议是在单人竖构拍摄最佳距离找到后，用白色胶带在地毯上做好标记，双人横构同理。这样，摄影师在拍摄时只需要前进一步，后退一步，前进一步，后退一步，不需要每拍一张都重新找拍摄位置。

费尔马对摄影器材的掌握也是门儿清。

我和玛瑞塔一起搭背景，玛瑞塔将三脚架上用来挂背景布的钩子装反了，可是三脚架已经延伸至接近半空。为了省事，玛瑞塔准备直接将整个三脚架连同底部的固定沙袋一起旋转180°。费尔马看见了，赶紧跑过来阻止"哎，危险，危险"，说完便登上梯子，将钩子拆下来，将扣环旋转了几圈，拆下了弯钩部分，然后反个方向再装回去。

"还能这样做！我一直以为这个钩子的方向是固定的。"玛瑞塔在一旁看得目瞪口呆。

专业，博学，还有谦卑的态度，比起加雷斯的张扬跋扈，费尔马很快收获了整个团队的认可。

实验室经理托马斯因为合同到期离开了，又没有新的或正在休假中的实验室经理可以代替他的位置，费尔马就顺理成章地成为实验室代理经理。

"我本来还头疼我们的实验室经理空缺，但现在好了，有费尔马帮忙，而且我发现费尔马把实验室打扫得比托马斯在的时候还要整洁。"这是史都华的评价。

拿着五级摄影师的工资，干着实验室经理的全部工作。比如后期处理，打印相片，维修器材，检查背景布，测光，撰写数据报告等。

成为代理经理后的费尔马变得更加谦卑，更加兢兢业业。实验室、宿舍和员工餐厅是他的三点一线。他在实验室里从早忙到晚，尤其是每个正装晚宴的晚上，总是一直忙到第二天凌晨三四点。

而我有不懂的问题，也会经常问费尔马。费尔马总是毫无保留地告诉我答案，还会鼓励我提问。

"我第一个合同的时候，一走进实验室，就被这些机器迷住了，我问我当时的实验室经理，这是什么，那是什么，这个怎么用，那个怎么用。你猜怎么着，我的实验室经理回答了我每一个问题，全部仔仔细细地告诉了我，仔仔细细，全部。"

"看，没人说要清理这打印机的翻盖，我就把它清理了。"费尔马一边说，一边擦拭着打印机翻盖上的锈迹。

有时，他也会劝我："Song，你利用休息时间来加班让我非常欣赏，但是你不要总是一个人做，全部你一个人做很累，而且你会让他们养成懒惰的毛病。"

我做的事情是组装钥匙圈。这钥匙圈是中国航季的特色产品，一美金一个，相比于照片10美元一张，这些廉价的钥匙圈在中国航季非常有市场。可问题是，这些钥匙圈是需要人工组装的，要把风景照片裁好，然后装进塑料壳中，手工按压成型。史都华规定每个航程400个，两人负责。可是这种工作机械重复，效率又低，并且属于额外的任务，没有人喜欢，自然大家就非常默契地能拖多久是多久，如果史都华问了，大家就互相推脱。

听了费尔马的话，我当晚就向史都华反映，从接下来一个航程开始，组装钥匙圈的工作变成了指定两人轮流负责。

如果费尔马不当摄影师的话，他一定会是一位非常好的老师。他有老师的循循善诱，也有老师的严格要求。

在邮轮上拍照片，不仅有质量要求还有数量指标。而这指标能否达到也关系到对摄影师的最终考核。

史都华给我定的餐厅晚宴照的指标是300张，可我每次总是在220～240张之间波动。时间就这么长，又要兼顾质量，而且实际情况总要比预想的复杂得多。比如乘客会和你开玩笑，装鬼脸；遇到行动不便的乘客，搬把凳子的时间就需要两分钟。时间久了，我的重心就开始向数量倾斜，终于，在一个正装晚宴，我拍摄到了320张，但费尔马却意外留我在实验室看片。

"Song，你看看最近几次你的晚宴照有什么问题。"费尔马一张张在屏幕里回放着我拍摄的照片。

"这一张蜡烛没有移开，这一张酒杯挡住了乘客太多，这一张焦点没有对准……"

"我反复说过，一定要按标准来，一旦你在某个细节松懈了，这个松懈就会反馈给你大脑，就会一直松懈下去，慢慢地，就离标准越来越远了。相反，如果你一直坚持这些细节，你的大脑就会自动强化这些细节，直到你拍照时每个步骤都出于本能。"

"Song，你最近是不是遇到什么烦心事了，以前你的晚宴照质量一直是最好的呀。"一旁的助理鲍勃也跟着附和。

听着费尔马中肯的评价，我竟然不自觉掉下泪来，也为自己忽略质量的做法感到羞愧。

"没关系，数量虽然也很重要，但还是先保证质量。"费尔马安慰道。

此后，我拍摄照片永远将质量放在第一位，拍照的时候永远记得清桌子，永远留出一个桌子的半圆，永远高个的站在中间，永远让夫妻两个手挽手。拍摄数量又回到了此前的220张左右，但照片质量一直受到费尔马的称赞。

对于这份工作，费尔马的表现近乎完美，可这样的完美却碰到了爱情的考验。

璇，一个来自中国的女孩，明眸善睐，唇红齿白，身材也是极好的，是继喀翠丝后我的新舍友。说实话，这样的女孩和任何一个男孩谈恋爱，我都不会感到奇怪，可我没想到那个人是费尔马。

费尔马结过婚，还有一个女儿，不过已经离婚了。而璇则是一个刚大学毕业，初入邮轮工作的女生。

他们的爱情从每晚实验室里开小灶开始，一起讨论如何摆肖像姿势到深夜；慢慢地，璇开始夜不归宿，和她的好朋友一起到费尔马的宿舍里开零点派对；再后来，几乎所有的摄影师都见过璇从费尔马的房间频繁进出。

大家都心照不宣，史都华也默许着这段恋情。但费尔马变了，却是大家都看到的。

他开始失去公平。每次璇被轮到拍肖像背景，费尔马总会出现帮忙，并让璇去吃饭，自己搭完一整个背景。而其他摄影师的背景都是各自负责搭建完成。

费尔马开始打印错照片的尺寸，开始出现颜色校正的误差，开始忘记在规定的时间测光，开始迟到。

后来，我每次进实验室拿照片的时候，总能听到周深的《大鱼》，费尔马经常出神地陶醉在单曲循环里，因为那是璇最喜欢的歌。

"我的工作太多了，真的，我觉得我实在太忙了。"费尔马如此说。

谈恋爱没有错，但不可以影响工作。团队里对费尔马的抱怨也开始多了起来。直到收到了璇转船的通知。

在黄金公主号要进入澳大利亚航季前夕，璇被转往了蓝宝石公主号继续中国航季。费尔马则被正式升任为实验室经理。

大家都以为一切就会回到老样子，可是我们都想错了。费尔马的工作作风并没有因为璇的离开而改变，而是正式行使起了他作为正式实验室经理应该有的权力。谦卑的态度慢慢变成了颐指气使。打印交给助手鲍勃，设备清洁交给摄影师们轮流负责。而他自己只做测光、检查和航程总结报告。

我想，也许我还是想错了，费尔马其实也是加雷斯们中的一个，方式不同，但目的一致。

但费尔马和璇的恋情却一直继续着。费尔马为了璇办理了中国签证，在休假时一起前往北京旅行，费尔马的女儿更是把璇叫作璇姨，两人后来又分去了不同的船，但仍然在社交平台上保持着关注，保持着聊天，时不时隔空喊话也会向大家撒一把狗粮。

⚓ 你会被辞退的

提起她，终究是说不完的五味杂陈。

"我看到系统刷新的名单了，来接替索菲的是一个中国女孩，叫欢？你们有谁认识她？她怎么样？"安吉罗在例会上问道。

一听到欢，李昂立即翻了个白眼，冷哼一声，星烨也递出了一个心领神会的表情。

"我曾经和她一起工作过，有一次，我们同事一起去沙巴蒂尼餐厅吃饭。餐厅服务员不让我们进去，因为那晚酒店部经理正在餐厅里会客，结果她竟然跑进餐厅去质问酒店部经理为什么她可以吃我们不行，为什么这么不公平。那可是酒店部经理啊，是除了船长以外管理权力最大的人。"李昂语带嘲讽地回忆道。

"更重要的是，这应该已经是她的第四个合同了，但她还是二级摄影师。理论上应该是一个合同升一级的，所以可想而知……"星烨耸耸肩，补充道。

听李昂和星烨的描述，我觉得这应该是一个不太懂职场规则和人情世故的女生。但确定的是，一个员工在还没有入职之前就是一片负面评价，这显然不是一个好的开始。

邮轮摄影师是一个很小的圈子，再加上员工的工作生活都在邮轮上，发生过的事情传播迅速，口碑会积累。员工合同中发生过的糗事可能会被在这个合同的同事记住，等到下个合同，他在工作时聊起你，就会自然地传播开去。但凡在邮轮上工作过一年以上的摄影师，基本可以认识团队中50%以上的员工，其中很大一部分就是通过摄影师们的故事传播的。故事会传播也会积累，某些老员工开始新合同之前，其新团队的成员早就已经对其人品性格了解得七七八八了。

对于欢，我也是从负好感开始的。因为李昂和星烨把我称作欢的姐妹。

欢要来的时候，我在邮轮上工作还不到一个月，作为一个邮轮小白还正处在懵懂地接收各种专业信息的阶段，自然也犯了不少错。

"看，这就是欢的照片。"李昂将手机举高正对我，"你们是姐妹吧，你们长得差不多，说话行为也差不多。"

我仔细一看，照片中的女孩一头齐耳短发，眼睛很大，单眼皮，眼尾上翘，显得有些凶，从眼睛形状到五官轮廓，和我没有一点相似的呀。

和外国员工就更加解释不清楚了，因为他们发现欢和我还是同一个姓氏，更认定我们是有血缘的近亲。

被人比较是一件令人讨厌的事，而当与你比较的对象又是一个反面典型的时候，这种比较就更令人厌恶。即使我还没有见过欢，但这种来自比较的厌恶也让我对她没有了好感。

真正遇见她后，我发现实际情况远比想象中的还要复杂。

首先，她的语言令人尴尬。她说的英语不分时态语态，也没有单复数，用英语交流时，她不过是把她会的单词按照她的思维逻辑排列组合在一起。而沟通障碍，成了她工作时的第一重困境，因为没有人能听得懂她说什么。别说外国员工听不懂，中国员工也听不懂，珂还给她取了个外号"Ms. International Misunderstanding"。时间久了，也就再没有人愿意和她沟通。

无法沟通，无法理解，直接导致了在工作中频频出错。更要命的是，史都华经理是一个地道的英国绅士。欢蹩脚的英语在他眼里已经上升到了严重的不尊重的行为。

"她说了一堆，我却连一半都听不懂。有时候，我真的很想给她一拳。"

史都华的纠结和抱怨经常对当时的销售经理安吉罗宣泄，而安吉罗也将这种态度和情绪传播给了整个团队。

经理不喜欢你，团队就跟着不喜欢你，很残酷但也很现实。就像学生时代，班主任对于一个学生的好恶决定了整个班集体对该学生的好恶。

欢被集体针对了。

安吉罗发现她上班没有穿袜子（按规定需要穿黑色袜子）；费尔玛指出她拍摄的照片总是不按公司的规定来；星烨反馈她在记录白金影像订单时填写信息出错，造成了顾客投诉；她的舍友更是抱怨她从来不按规定摆放私人物品……这些不过是鸡毛蒜皮的小事，但当一个人被集体针对的时候，任何小事都会变得比山重，比天大。

欢已经在语言上吃亏了，可是她还不能够平衡好邮轮上的工作和生活，这无疑让她的处境雪上加霜。

欢经常洗头，有时候一天两次，可是时间管理太糟糕，洗头的时间经常和工作相冲突。

比如，拍摄港口纪念照片前，欢突然提出要回去洗头，可那是工作时间，工作时间就应该完成工作。当天下午，影像长廊营业前，欢出现，头发还是湿的，发梢还能滴出水，安吉罗看见后立即就变脸了，强令欢回去吹干头发再来上班。头发湿漉漉的欢还出现在例会上，而且迟到。而迟到，是史都华最不能容忍的。

欢爱旅行，也许这也是她来邮轮工作的最大目的。中国航季时，某次停靠韩国仁川港口，爱旅行的她却跑到了首尔。结果等她回来，早已经错过了影像长廊准备营业的时间。只要能出去，哪怕只有两个小时，欢也不会错过，如果被IPM，她会想尽一切办法找人换出，而如果是其他人IPM要找她换，换出的可能性为0。邮轮规定，只有staff级别间的员工才可以互换IPM，可欢那天脑子估计抽了筋，和一个客房部（在公主邮轮里，客房部员工为crew级别）的好朋友做了互换，正好被抽查的安吉罗发现了，结果可想而知。

而性格上的缺点则更加致命。

欢倔强较真，不会变通，最大的"本领"是能和任何人怼起来。和她聊天以后，一位位原本温和的客人都变得剑拔弩张，最后演变成一场场投诉。她似乎永远不明白，职场里最不重要的就是个人情绪，最容易惹出麻烦的也是个人情绪。

一桩桩、一件件都反馈到了经理史都华处，对欢的厌恶感日积月累以至于根深蒂固。终于，史都华因为欢迟到次数太多而对她提出了书面正式警告。

欢拒绝在警告书上签字，理由是：拿破拍邮轮跟拍写真时也常常迟到，如果因为迟到就警告的话，那拿破也应该被记警告，这样才公平。就算理由合理，但她并不知道自己的做法其实是挑战了经理史都华的权威，也注定了欢在邮轮上的悲惨生活。

没有人愿意和欢说话，大家要么是听不懂，要么是明哲保身；欢不受经理待见，被史都华派去负责收费餐厅的拍摄活动，自己拍，自己打印，自己销售，说白了就是被孤立了；拍肖像照搭背景的时候，没有人愿意帮忙；气球派对的时候，拿破会故意将气球放在她的耳边戳破，惊吓她。

内心再驽钝的人，时间久了，也能感受到集体的冷漠。在情绪低落的日子里，欢就干脆请病假，宁愿待在医务室被隔离也不愿工作。整个合同，欢请满了整整5天病假，要知道，绝大多数员工是一天假都不请的。情绪绷不住的时候，她就一个人在寝室里哭泣，可悲又可怜。

可欢偏偏是旧错不改，又添新错，相机包没有按时放回柜子，收纳器材的时候有遗漏等，而当助理经理或者高级摄影师向她指出错误的时候，她会不断为自己申辩"为什么是我……他也那样做过……我是因为……"

性格决定命运，固执的性格注定了悲剧的走向。

在等级制度分明的邮轮工作中，如果比你高级的员工向你提出问题，只需要虚心接受并改正就好了，哪怕他向你提出的问题中你确实有委屈，但如果虚心接受意见和批评，都不过是转瞬即逝的小事。可是争辩，会把小事变成真正的大事。因为他们会对你产生不听话、不配合的印象，而任何一个团队都不喜欢这样的人。

当团队情绪产生的时候，事实就看不见了。

作为一个摄影师，欢有着丰富的人像摄影创意，让被拍摄者姿势多变，而她黑背景和白背景的肖像照也在一流水平；她会在整理器材时提醒我注意预留安全通道；她也会自己默默地做100个规定任务的钥匙圈。在中国航季向澳大利亚航季转变的航程，她积极订白金影像工作室的订单，数量远超团队里菲律宾摄影师的两倍甚至三倍。

可惜，这些在史都华眼里不过是作为员工应尽的义务，而她作为员工不应该犯的错误已经太多。

史都华在他合同结束前的一个星期，联合船长、人力资源部经理和酒店部经理一起商议正式开除欢。

商议会议的那天中午，欢找到了我，希望我能出面证明她是可以继续工作的。我很无奈，因为我知道史都华早已经动了"杀"心，无论我出不出面，结果都是一样。

欢在澳大利亚达尔文港离船，她的合同还没有到应该结束的日期。而作为被开除的员工，欢将永远不会再被嘉年华邮轮旗下的船只录用。

欢被开除以后，在社交平台里消失了半年多，再一次看她社交平台里的更新消息，是她在澳大利亚自助旅行。照片里的欢坐着帆船出海，吃着海鲜大餐，配图的文字写道："又回到船上了，好开心，新的开始。"

照片里的欢笑得很灿烂，是啊，希望告别了邮轮生活的欢能在其他地方找到属于她的新的开始。

⚓ 月亮小姐

江湖传言一：严酷。

她会将团队里所有员工的工作时长都安排为合同上限的13个小时，而这还仅仅是日程表上的时间。据说，她的排班表曾被同公司的其他经理张贴在部门内部做对比，以显示他们在管理上的仁慈。她会将本该3个小时就正常结束的港口纪念照拍摄延长到5个小时。5个小时结束前，她会亲自来检查拍摄的张数和邮轮上剩余的人数。"现在船上还有237名乘客，再等一会儿，等到船上剩下少于200人的时候再回去。"就因为她的这句话，摄影师们又站了近1个小时。

（邮轮旅行中，银发一族为主要客户群体且还有不少身有残疾的人，不少人选择邮轮旅行就是以享受邮轮生活为主，有可能一个航程中根本不下船，而报了邮轮旅行团的人有可能早上出发，有可能下午出发，所以邮轮上是永远不可能没有乘客的，在国外航线尤其明显，每一个港口两三百人不下船是很正常的事情，更何况，在拍摄5个小时后，早上出团的乘客们都陆续回船，接近中午时分，邮轮内的客人数量是不降反升的。）

她的拍摄任务永远超过其他经理，永远高于公司标准，永远让摄影师们在生死线上徘徊。拍摄完的照片更是要经过她一一过目，凡照片不符合公司要求者，不合格一张就在海上日的时候在影像长廊多站一分钟。本来她给的休息时间也就最多2个半小时，这下好了，不少拍摄任务失手的摄影师将连续站上5~6个小时来弥补他们的过错。

江湖传言二：虚伪。

凡她登船，必定以最快速度与邮轮上的各个高级管理层打成一片，成为"知心好友"。她的俘虏名单包括但不限于：船长，酒店部总经理，人力资源管理经理，船长秘书，各部门经理等。在她的管理过程中，如果有员工到人力资源管理经理处对她的管理模式提出质疑，通常会得到如此答复：

"去，回去，听你经理的话，按她说的做。"

她很"善心"，每隔一段时间，都会带员工一起出游，美其名曰团队建设，但费用AA制。员工如果说不想去，那么此员工第二天的日程表将会惨不忍睹。即使玩得不开心，她也一定要大家拍一张合影，每个人露出八颗牙的标准笑容，然后发布到自己的社交平台上，仿佛在对那些质疑她管理的人说：

"看吧，我多么人性化，还带团队出游，而且大家都玩得很开心，照片为证！"

江湖传言三：自负。

"你们如果对排班表有什么问题，可以向我提，如果有差错，我会修改。"

某日，一位五级摄影师真就排班表上成员时间安排不合理的问题单独向她提出了质疑，却被如此回复：

"你这是在质疑我的安排、我的决定吗？我是经理，我知道怎么做是正确的。"

那位五级摄影师因此获得了人生中第一个工作上的正式警告。

没错，这就是李昂口中的月亮小姐。

"在她手下工作过的员工都会和她在社交平台上互加好友，以方便追踪看她被安排去了哪艘船，然后，他们就会向公主邮轮总部人力资源处发邮件反馈绝不去同一艘船。"

说这句话的是一位来自巴西的女孩安娜，黄金公主号进入澳大利亚航季后的第一位邮轮摄像师，她在公主邮轮的第一个合同就在月亮小姐的手下饱受折磨。

"我们就像她的奴隶，不是员工，如果她真的来这艘船当经理，我就辞职，我太了解她会做什么了！"

然后，她真的辞职了，在月亮小姐登船的同一天。

因为想在澳大利亚多待一段时间，我特地向史都华申请了延长合同，总部批准通过了，延长了21天。可我万万没想到，代替史都华接任经理职位的竟然就是这位月亮小姐。

科学里有墨菲定律，想什么来什么，怕什么来什么，福祸相依，世事难料，邮轮上的生活走的都是"现世报"的路子。

月亮小姐，是拥有加拿大国籍的韩国人。百闻不如一见。但是见到她的第一面，我怎么也无法将她与那些江湖传言联系起来。

她矮矮的，胖胖的，脸圆圆的，如果按照中国人的相面标准，简直是慈眉善目类。但是她一和你说话，你马上会感到气场的不同，那笑容的弧度带着职业化的僵硬，和你握手的时候会特别用力，最抓人的是那双眼睛，炯炯有神，仿佛一眼就看穿了你。她不会像黑瑟尔一样情绪化地咆哮，也不会像史都华那样甩出黑色幽默，但她会用非常职业化的方式传递出无形压力。

一张A4纸，就已经足够。

月亮小姐当经理后的第一次团队会议上，每个人都拿到一张写上了每位摄影师要在本航程完成的销售指标：多少个白金影像订单，多少个DVD碟片，多少个GoPro，多少的相片预算。她将总部给的销售指标拆解，分摊任务。

"我在这个公司已经工作13年了，我热爱旅行。我曾经将我赚的所有钱都投入旅行中，不过那已经是10年以前的事情了。

"我也特别热爱这份工作，因为你可以一边工作一边旅行。每次当我推开窗，看到悉尼歌剧院就在眼前的时候，我觉得这就是世界上最好的工作，你们觉得呢？

"而且大家都知道公司还负担了我们员工的机票，而公主邮轮为我们买的大多数都是天合联盟的机票，我就顺便申请成了天合联盟的会员，现在每次坐飞机，都可以免费升舱了，登机还会有额外福利赠送，这些其实都是公司给的额外福利。

"虽然我很热爱旅行，但我来这里就是为公司赚钱的，因为公司付钱雇佣了我，对于你们也是一样，大家认同吗？

"我可能会把你们的日程排得非常满，我会让你们参与很多很多的培训课程，帮助你们最快地成为职业化的邮轮摄影师，你们到港休息的时间会只有2~4个小时，但这就是我的风格。"

军令状立在第一天，大家既然没有异议，以后的抱怨也就变成了惹是生非，不务正业。

她接手的第一个航程，正是与史都华交接的航程，一切按照史都华已经排好的日程表，大家才能轻松度过。

第二个航程，8个小时的日程开始被她加到10个小时。

第三个航程，正式进入澳大利亚航季，日程表变成了12个小时。

温水煮青蛙，一点一点加压，她的职业化也慢慢开始渗透。而我对她也慢慢改观。因为她是为数不多的，除了告诉你要做什么，还会告诉你为什么要这样做的经理。

月亮小姐要摄影师们承担实验室的工作，每一位摄影师在拍摄完肖像背景照以后都要自己到实验室用Dark Room软件调整构图、色彩，自己打印。而这些以前都是实验室经理的工作。光是这一项每一位摄影师每天就多出了1~2小时的工作量，而这些工作是不排在日程表上的。

月亮小姐的理由是：图片后期处理也是一位职业摄影师应该懂的知识，而且实验室经理还需要做别的更重要的工作。如果实验室经理有事无法完成后期任务，难道就没有其他人能做？不做了吗？还是要我这个经理来做？！

月亮小姐会在每个航程选一个靠港日安排2个小时的培训，培训内容从销售策略到个人形象塑造，如此种种，请邮轮培训部里专门的培训师为整个团队进行培训。

月亮小姐的理由是："这些都是一个员工职业化的部分。"

月亮小姐从来不允许摄影师说"让我们一起来拍照吧（Let's take photo together）"，而要说"让我们一起来微笑吧（Let's smile together）"，因为这样更加有感染力。

月亮小姐会把零售品堆叠在一个展示桌上而不是分开摆放，因为这样做可以让乘客感觉是有促销活动，能激发乘客的购买欲。

月亮小姐会在海上日时，将影像长廊的营业时间延长到晚上11点半，因为在没有达到总部给的营业销售额之前，延长营业时间是有可能增加收入的唯一方式。

月亮小姐将每个员工的日程表都排到一样的时间，因为这样最不合理但却最公平，不然总会有"不知好歹"的员工向她质疑为什么别人的工作时间比他短比他长之类的。就连她对新入职员工刻意的严格要求也有她自己的理由：

"新人是最难教育的，也是最会闯祸的。我曾经让一个刚入职的新人去拍登船照，照片一洗出来，500张照片往相片架上一摆，全是失焦的！那一天我摔了杯子，摔了相机，摔了很多东西，不过那个女生现在应该还在公司工作，快升高级摄影师了吧；还有一个新人竟然把电脑里整个P盘给删除了（P盘是公主邮轮摄影部统一存放当前航程和过往航程照片的存储盘）。这些新人犯了错的后果都是要我承担的！"

如果从她的角度看，严酷是为了帮助摄影师们更快成长，更加职业化；虚伪是她作为高级经理必要的职场人际交往手段；自负是她13年工作经验带来的自信。

但我又很庆幸，在月亮小姐正式狂暴化之前结束了合同。

据说，进入新西兰的固定航程以后，因为总是达不到总部的销售指标，而且团队里除了两位五级摄影师外都是一、二级的新摄影师，各种事情颇多，月亮小姐也人如其名，变得阴晴不定，反复无常。她会要求摄影师们在拍港口照的时候积极拉客人，但是如果客人有抱怨，她又说，不能勉强客人，但不勉强，拍摄的张数就少了，拍摄张数少了，她又埋怨摄影师没有积极拉客人，如此循环。

屋漏偏逢连夜雨，偏巧和月亮小姐在邮轮上相识相恋了10年的男友向她提出了分手。那段时间，她也开始变得不近人情。

2月的新西兰，气温只有十几度，月亮小姐要求团队里的女生们穿着单薄的水手服下船继续合影工作。结果，有两位女生双双感冒，向邮轮医务处请了1天病假。月亮小姐却不理解："工作而已，怎么会要请病假呢？"在她眼里，工作和吹风感冒是两件不相干的事情。

虽然很多摄影师都不喜欢月亮小姐，也有很多摄影师因为月亮小姐而辞职，但这都不妨碍月亮小姐在公主邮轮混得风生水起，总部管理层也对她青眼相待。虽然她奴役着员工，但是她能赚钱，她总是那个达到销售目标次数最多的经理，社会就是这么现实，邮轮也是如此。

每遇到一个经理，都会教会你一些新的东西。和月亮小姐共事的21天，扪心自问，学到的关于这个岗位的知识和技术比我前5个月的总和还要多。

第二个合同结束时，我向总部申请去梦寐以求的南美洲航线，后来得知航行南美洲的唯一一艘船祖母绿公主号的摄影部经理将会是月亮小姐的时候……

想想，还是算了。

⚓ Karma

PART I

我希望得到你的指点，但是不希望你对我指指点点。

职场里，新人和前辈的矛盾是普遍矛盾。

在邮轮摄影部里，这种矛盾就是低级摄影师和高级摄影师之间的矛盾。

"珂，你今天在拍港口照时的懈怠表现，黑瑟尔已经知道了，当然我是不会告诉你是加雷斯告诉黑瑟尔的。"托马斯意味深长地看了珂一眼，带着他独有的幽默方式。

珂把这件事情告诉了我。

"Song，你才刚来，你要小心那个加雷斯，他是高级摄影师，脾气很大。"说完还不忘再补充一句，"菲律宾人你都要小心些。"

如此强烈的主观评价通常并不可信。

但国籍和等级之间的暧昧关系，任何新人在上船的那一刻都能感觉得到。

邮轮是一个小地球村，有着来自40多个不同国家的员工。大家表面上一起组成团队，各司其职，但国籍的影响却不能否认。首先，美国人是船里的老大，因为目前世界的大型邮轮公司都是美国品牌，但邮轮员工很少有美国人，即使出现，也大多在普通员工接触不到的管理层、董事会里；其次，是欧洲人。船长、高级经理大多来自欧洲国家，他们习惯了商业互吹，却又同时互相看不顺眼；再次，是南非人，南非人的爷爷辈大多是从欧洲移民而来，他们在外形上与欧洲人基本无异，英语纯正，这样的亲缘关系使得他们有着与欧洲人差不太多的待遇；最后，是亚洲人和南美州人。就拿摄影部的基础工资而言，在公主邮轮，美国员工的底薪是1200美元，欧洲1000美元，亚洲统一800美元。如果一个菲律宾人和一个中国人打架，也许欧美管理者还更愿意向着菲律宾人多一点。原因也很简单，菲律宾人是邮轮产业的老员工，菲律宾过国庆节，全船一半的员工都会到员工酒吧里庆祝，可想其人群之庞大，要是菲律宾员工联合起来拒绝工作，那么邮轮运营基本全面瘫痪。

等级加国籍，加雷斯已经是一个不讨喜的存在。

那是进邮轮的第一天，在受到了同胞的善意提醒之后，当晚，在影像长廊，我见到了这位高级摄影师。

加雷斯，留着板寸头，脸方中带着点圆，皮肤颜色有着常年在外受太阳光照射的那种深，由于肤色深，看起来显老，40岁不到的他看起来像50岁。五官硬朗，第一眼看过去，只觉得严肃，由于语言不通，他并不主动和中国航季的客人讲话，抿着嘴，走起路来，背挺得很直，有一种上位者的威严。

这种严肃一直保持到黑瑟尔来影像长廊巡视。

黑瑟尔一来，摄影师们都上前去听指示，大约是上个航程的业绩有了起色，在领导那里受了点表扬，黑瑟尔满面春风，也对销售策略提出了一些新的建议，期间还说了一个大家都不觉得好笑的冷笑话。

黑瑟尔一边说，一边张牙舞爪起来，大家心里都不觉得多好笑，但都以微笑礼貌回应表示倾听，而加雷斯不同，他显然领悟了黑瑟尔冷笑话中的"真意"，露出夸张的表情，所有五官都仿佛横向扩大了一倍，两条笑纹更是往两端拼命延长。

黑瑟尔一走，加雷斯立马变脸。速度之快，让人发悚。

捕捉到这一幕的我心下凛然，对加雷斯心生畏惧，同时又想敬而远之。

为了促进零售品的销售额，在业绩低迷的中国航季，黑瑟尔想出了增加零售点的方式。在中庭广场专门布置了两张长方桌，摆上了各种相框、相簿、冰箱贴和钥匙圈。中庭广场离影像长廊很远，需要有人看管，每人半个小时，轮流负责。当时，正是下午，整个班次是加雷斯、我、珂和拿破四个人。

如果经理和助理经理都不在，那高级摄影师就是部门里权力最大的人。加雷斯现在作为权力最大的人很自然地开始指派起任务来，轮流让摄影师去新增零售点看管。

先是珂，然后我，再是珂，接着我，然后又是珂……

不对，为什么总是我和珂？为什么不派拿破去？为什么他自己不去？不应该是轮流的吗？故意为难我们吗？包庇同国籍的？

我突然想起此前被告知过加雷斯还有抢业绩的前科。明明是同事A接待的顾客，结果加雷斯抢先把这位顾客的房卡拿走，再刷自己的员工卡完成了这笔交易。

每次从新增零售点回来，我们看到加雷斯拿着自己的员工卡刷卡，大家就会讨论道："肯定是啦，又赚了不少，把我们都支开，整个影像长廊就没人和他争业绩了。"今天我和珂的业绩指标肯定达不到，这不，都进了加雷斯的口袋。看到我和珂一脸不情愿的表情，加雷斯还朝我们嬉皮笑脸打哈哈。

不解中带着愤怒，愤怒中又夹杂着委屈，一股怨气油然而生。

班次结束，在电梯里，我终于抑制不住心中的怒火，向加雷斯发飙："你是不是故意的！为什么总是让我和珂去，你自己为什么不去！"这话说得超级理直气壮。

大概从来没见过平时文弱秀气的我也会发火，加雷斯的表情也是懵了。

回到宿舍，我依然是越想越气，于是登录微信，和同事李昂聊起天来。

听完我的叙述，许久，李昂回复了一大段文字：

"第一，按照规定，在经理不在的情况下，高级摄影师就是不能离开影像长廊的，要承担起管理的责任，让你和珂去，因为你们都是一级的新人摄影师，拿破已经三级了，所以派你们两个轮流，这个就是公司的等级制度，和国籍无关，如果今天在影像长廊里的是我，也依然是我在影像长廊，你和珂轮流去站台；第二，加雷斯有的时候做事情确实会很过分，但如果是和工作有关的，那就按工作规定来，如果是生活上的，你可以直接向经理反映；第三，很多经理会根据高级摄影师对低级摄影师的评价来给予评价，所以你要和高级摄影师搞好关系。"

看到这一番话，我立即没了脾气。

确实，我不曾从高级摄影师的角度去思考这件事。作为高级摄影师，加雷斯显然对部门里的生存法则了如指掌，又怎么会凭情绪做事？所谓矛盾，不过是我作为一个职场新人对职场规则还不够了解。

第二天，见到加雷斯，我非常诚恳地道了歉："对不起，加雷斯，昨天我态度不是很好，我知道作为高级摄影师你就是应该待在影像长廊的。"

加雷斯被我突如其来的转变弄得有点懵，但最后还是点了点头："嗯，没关系。"

这件事也让我对高级摄影师的做法多了一些理解。可加雷斯依然很难让人产生好感。

打小报告，这种过了小学就已经被不屑的做法却是加雷斯的拿手好戏。

加雷斯有一本随身的便利贴，如果在工作过程中，他看到谁谁谁做出了他眼中不职业化的事情，除了一顿吼之外，还会将此人的名字和所犯的错误记录到便签条上，一天一张，每天晚上下班前，将自己的血腥便利贴准时交到经理手中。

一个人工作，不可能十全十美，小到有没有穿袜子，大到和顾客产生沟通问题，想要挑刺哪里都可以挑。

团队的每一位成员都在他的便利贴上出现过。

除了他自己。

因为除了加雷斯，没有一个人像他一样做，打小报告这种做法会使团队成员之间的情感受伤。

大家都厌恶他，可经理却一直默许这样的做法。

经理默许，也就没有人敢反对，他的做法虽然令集体厌恶，但也就由他去，毕竟在邮轮工作，同事们相处的时间最长半年，最短就几天，合同结束，一告别，也许就永远不会再见，能珍惜且珍惜，多一事不如少一事，人际交往中的小摩擦谁都不必太介意。

除此之外，加雷斯还歧视女性。作为摄影师，搬运器材是家常便饭，有些器材非常沉重，作为同搭档的男生总会帮助分担一点儿，优先扛走箱子和支架，有时候别的部门的男员工看见了，也会特别绅士地过来搭把手。可这一幕被加雷斯看到后，直接是一顿严厉训斥：

"Song，你怎么可以让别的部门的员工来帮你呢，OMG，他这样做会影响他的本职工作的。你是不想搬是吗？不想搬就直说，和经理去说！"

说完，他便掏出便利贴，开始熟练地记录起来。

我内心无语：别人就是路过看到，顺便搭把手，有没有影响别人工作，难道别人心里不清楚，又不是我叫他来帮忙，怎么还是我的错？而且我又何时说过我不愿意搬器材？

如果我和加雷斯分到一起打扫实验室，那么倒垃圾、换胶片、倒废水这样的重活一定是我做，还不能明着有怨言，如果抱怨那就是不尊重高级摄影师，又是一条罪状。

加雷斯合同结束的那天，我心里无比高兴，他离开以后，整个部门的氛围都和缓了。因为再也没有了无端的指责和挑刺，我想我是再也不用看见他了。

PART Ⅱ

天使不常来，魔鬼总在旁。

第二个合同，我为被分到巴拿马运河和阿拉斯加航线而高兴，但也在同期同事列表里看到了一个熟悉的名字，让我抓狂。

不过和黑瑟尔与史都华不同，加雷斯爱打小报告的行为并不受关心团队情感的经理伊旺的待见，甚至还被当众批评了一次。

不过他爱挑刺的毛病、暴戾的脾气依旧。

某日，我刚帮一位客人下载完电子照片，一声呵斥声突然传来。

"Song，你刚才有校对过那位乘客的信息吗？你确定她是购买了摄影全包套餐？"

"我确定啊。"

"真的吗？你看看我们电脑里的全包套餐乘客名录，并没有那位乘客的房间号。"

我一看电子表格，还真没有，一般情况下，购买了套餐的乘客的房间号在电子表格里会标出醒目的黄色。

我仔细回想了一下，照片我是从柜台后拿出来的，我确定那位乘客购买了全包套餐是因为在此之前埃德加刚核对过表格和所需要拷贝电子底片的房间的信息，既然埃德加之前对所有的信息都已经核对过，那就不应该有错。

那电子表格里，这位乘客的房间号为什么没有标记？

细思恐极，但我依然照实回答："埃德加刚才已经根据伊旺的指示把所有信息都核对过了，所以不会有错的。"

加雷斯突然沉默了一下，皱了一下眉："我只是提醒你，做事情要仔细，凡事都要先确认检查，以免出错。"

说完，他双手背对身后，径直离开。

又一日，加雷斯和我搭档拍摄登船照。那正是阿拉斯加航线开始的第一个航程。

这是一个无比漫长的登船日，四艘大船同时停靠温哥华，加拿大邮轮海关的速度却依旧缓慢，庞大的乘客人群也只能吭哧吭哧排队慢慢登船，走廊里，老半天，才望到一两波客人，那一天，从上午10点一直拍到晚上7点。

按正常情况，3点应该所有客人已经登船完毕，而这一天三分之二的客人还未登船，我的疲劳感已经非常强烈，挂着相机的脖子不想直起来，原地站着，一动不想动，一旁的加雷斯也开始越来越暴躁。

他突然吼道："Song，你是不是不想拍了，不想拍我来拍！你去打电话给经理伊旺！快去！"

我脑子仿佛被一记闷棍敲打，完全不知道怎么回事。

我打电话，伊旺到来，加雷斯询问伊旺还要多久，还直接和伊旺告状起来，说我拍照片时懈怠偷懒。我默默地不说话，伊旺拉住加雷斯的手臂想控制他暴躁的情绪，加雷斯一把甩开，像个受气又执拗的小媳妇一般。

"今天情况确实比较特殊，你拍了几张了？"

"172张。"

"嗯，可以的，因为我们还有三分之二的客人没有登船。"

伊旺尽可能安抚了加雷斯的情绪，但加雷斯毕竟是高级摄影师，他的告状伊旺不会不理，便又向我走来，问道："Song，你拍了几张？"

"231张吧。"我切换到相机屏幕查看数据。

伊旺没说什么，就离开了。

邮轮起航，我和加雷斯紧接着要去拍摄起航庆祝相片。

回来后，加雷斯依旧延续着暴躁的心情，一屁股坐到实验室的转椅上，狠踢了一下柜子，沉默，一言不发。来实验室检查照片质量的伊旺见了，也不说什么，谁没有情绪失控的时候？只是依旧公事公办地问拍了多少张。

加雷斯21张，我39张。

伊旺依旧不发一言，走出办公室。

当然，加雷斯也有心情好的时候，加雷斯心情好的时候会做夸张的肢体动作，会和同事讲非常低俗的荤段子，也会同意我调戏一下他的肱二头肌。

加雷斯虽然已近40，但是常年健身，一身肌肉结实，皮肤光滑，手感很好。时间久了，我就干脆通过调皮地询问他是否让我摸他的手臂肌肉来判断他今天的心情。

记忆之中，在中国航季，邮轮停靠天津港的某天，他的心情一定是好到了极点。

那天也是我和加雷斯搭档拍登船照，我们通常比游客规定的登船时间早一个小时到达岗位待命。

那天阳光好，天空也是淡蓝色的，在中国北方有这样的天气也是少见，加雷斯竟然一改以往的火暴脾气，和我平静地叙述起了他的邮轮故事。

加雷斯大学学的是设计专业，和青梅竹马的女朋友相恋结婚。早年，父母离异，母亲定居美国。结婚后去过设计公司工作，也开过自己的摄影工作室。居住在菲律宾一个小城市，很偏僻，据说是个连电线杆都插不到的地方。

小城没有什么娱乐项目，也收不到电视节目，但好在纯天然的环境，碧蓝的海水，常年灿烂的阳光充沛着人们的情感，加雷斯每天生活的助兴节目就是和妻子一起造小人。

造完第三个小人的时候，养家糊口的担子明显重了。在小城的收入根本不够加雷斯一家的开销。于是，加雷斯决定上邮轮工作，这个对菲律宾人而言赚钱最多、最安逸的地方。而加雷斯的妻子则和其他的菲律宾女性一样在家过着主妇的生活。

加雷斯邮轮的第一个合同去了加勒比海，遇到的第一个经理是有着20年管理经验，据说在邮轮工作时间最久的经理保罗。

保罗自信且自负，有时甚至不把总部管理层放在眼里，对内，更是实行独裁政策。保罗如果看不惯一个人的做法会当面，是的，当着邮轮乘客的面破口开骂。加雷斯的第一个合同，作为新人，免不了错误多多，再遇上这样的经理，可想而知，日子定不好过。而工作呢，加勒比海，穿着厚重的海盗服，大太阳底下，周围没有任何遮挡物，一拍就是5个小时。

邮轮工作不是一份容易的工作，加雷斯总这样说。

苦尽甘来，加雷斯的第二个合同被分去了海洋公主号❶，环球航线，那是带给加雷斯无上荣光的地方。船小，人少，航程长，工作清闲，公司会给环球航线定下非常高的销售目标，但这个目标肯定是达不到的，因此也没有人会在意，大家只管享受悠闲的邮轮生活。在第一个合同中被保罗进行全身心的职业化洗礼后，第二个合同中加雷斯就成了年轻摄影师中的翘楚。而他也真正享受起这份工作。由于表现好，第二个合同中，加雷斯被经理连升两级。直到现在，发生在海洋公主号的一切依然是加雷斯常挂嘴边的话题，比如他如何扮演卡通角色和船长打成一片，比如有女客人从影像长廊醉酒飞奔而过，比如他如何和乘客们成为好朋友，共同度过了3个月等。

有荣光也有黑子，紧接着的一个合同，加雷斯又被分到了海洋公主号。这一次，他背叛了他的妻子，和一个酒吧女员工擦枪走火。

---

❶ 海洋公主号（sea princess），2020年出售给三亚国际邮轮发展公司，改名为憧憬号邮轮（charming）。

"我们两个晚上在一起缠绵，白天碰到面却连招呼也不打，她假装不认识我，邮轮上的感情不是爱（love）只是性欲（lust）。"

再后来，他就被派到了中国航季。与中国客人之间的语言障碍让他的销售能力受阻，不同的文化冲突也让他适应了许久，最厉害的一次是他面带笑容向乘客道歉，而被乘客认为是不严肃，嬉皮笑脸，直接告状告到了酒店部经理处，那位乘客据说还是国内某知名经济学家的表姐。

在中国航季，他是团队中唯一的高级摄影师，可他的脾气性格让人不愿意与之亲近，哪怕得到了高质量的白金订单，得到了在收费餐厅免费用餐的机会，也只有他一人独享佳肴。

一个人的现在是他过去的总和。

听完加雷斯的故事，我或多或少能理解一点他行为上的怪异和性格上的矛盾。

摄影师眼中的加雷斯打小报告，爱踩着别人的错误往上爬，可在经理眼里却是恰当地替他们实行了管理权力。摄影师们嫌加雷斯性格暴躁脾气臭，可是加雷斯每一个合同的工作总评分都不曾低于4（满分5分，4分以上极优秀）。摄影师们和经理心里都清楚加雷斯的问题，可又不得不承认，有一些事情只有加雷斯才会做，才能做，才可以做好。

"Song，你知道Karma吗？就是我们常说的因果报应，我相信Karma。"

加雷斯说这句话时一脸虔诚。

如果世界上真的有Karma，那属于加雷斯的"因果报应"会是什么呢？

现实变化的速度之快，没有给我太多联想的时间，我和加雷斯共事的最后一个合同也是他作为五级摄影师的最后一个合同。再一次收到加雷斯的消息，是看到他社交平台里与公主邮轮白金影像工作室创始人乔·克莱格的合影，加雷斯申请并通过考核，成功转职成了一名白金摄影师。

也许是受不了五级摄影师的压力，也许是为自己谋一条职业出路，又或者仅仅是因为这个职位可以赚更多的提成，原因不得而知。

加雷斯相信Karma，也许他也一直默默地在创造自己应得的Karma吧。

"加勒比海，穿着厚重的海盗服，大太阳底下，周围没有任何遮挡物，一拍就是 5 个小时。邮轮工作不是一份容易的工作。"加雷斯总这样说。

哥伦比亚卡塔赫纳，马尔克斯《霍乱时期的爱情》的发生地，在加勒比海航季中，我到过次数最多的港口。

穿越巴拿马运河的那天是整个加勒比航程中最安逸的一天，摄影师只需要工作 6 个小时。

在巴拿马船闸管理处拍摄邮轮经过运河场景的丹尼尔。

邮轮航行在南太平洋时，遇见海豚们与邮轮一起相伴跃行，这也是第一次在水族馆外看到海豚，真正自由的海豚。

环加勒比海的港口都有自己的地标，是打卡合影的好地方，左页从上到下依次为巴拿马科隆、伯利兹和墨西哥巴亚尔塔港。

右页从上到下依次为阿鲁巴和哥斯达黎加利蒙。

阿拉斯加科奇坎致命捕捞体验项目的船长，自豪地向游客展示他的捕捞成果。

珊瑚公主号的室内泳池，柱子上是马赛克的海洋生物，仿佛进入了水族馆。

直升机空降加狗拉雪橇，在阿拉斯加航季我参加过的最难忘的项目之一，这里奔跑的是真正阿拉斯加雪橇犬，是当地人民心中的英雄，而不是"二哈"哦。

阿拉斯加独自摄像的马修。

阿拉斯加冰河湾，无论天气如何，游客都会涌来顶楼甲板一睹冰河芳容，这一天，摄影部的望远镜产品总是卖得火热。

船长放下救生艇，让丹尼尔近距离去拍摄冰河，并让船员带回来一块浮冰供游客欣赏。

阿拉斯加航线是邮轮摄像师数一数二忙碌的线路，冰河湾每一处美景，都不愿错过。

这个世界上有些目的地只能通过邮轮前往旅行，或者邮轮是最佳出行方式，比如阿拉斯加。冰河湾极少有天气晴朗的日子，能拍到这样的画面，也是一种运气。

万年冰河融化时，会连带着剥落山体的岩石，浮冰浮石漂于海上，像极了芸芸众生。

邮轮停靠在冰河湾中，静静欣赏万年冰河，在大自然面前，人类很渺小。

珊
瑚
公
主
号

⚓ 阳光经理

"我们经理男的女的？"

"男的。"

我长吁一口气。

在经历了第一个合同三位不同管理风格的经理的洗礼之后，我深知性别对于管理风格有着谜一般的神奇影响力，以至于这成了我见到新舍友后提出的第一个问题。

叮铃铃~宿舍电话铃响。

"喂~是涂聂思吗？我们的新员工有见到吗？"

"在呢，在宿舍里了，她自己找到宿舍的。"

在熟悉了邮轮房间的编码方式后，再大的邮轮也不会迷路，知道自己宿舍房间号后，自然很轻松地就找到了。

"啊！自己找到的！我还在甲板四层等她，真的是一个中国女生吗？来自中国？！"

"是的，人很好，很友善。"

"你让她在宿舍先等我一会儿，我马上过去。"

话筒的另外一头是一个咆哮的声音，但和黑瑟尔的咆哮不同，能明显从他的声音中听出开玩笑的味道。

"听到了他的声音了吗？他是一个非常有趣的、积极的，总之是我见过最好的经理了，人非常非常耐斯（nice），和他一起共事你会觉得很幸福。"

5分钟后，我见到了他。

他的身高较一般欧洲男子稍矮，挺着一个啤酒肚，这是常年在邮轮上工作的人的标志，感觉不怎么运动，也可能是没时间运动，但是面部肌肉发达，一脸笑皮肤，笑就是眉开眼笑、舒展地笑。

他就是伊旺，我第二个合同的第一位经理，35岁，罗马尼亚人。

男经理在管理上一般不拘小节，伊旺也是如此。

"你不用换长袖。"

"啊？"听到舍友的叙述有些不可置信。

"是的，你不用，伊旺对工作服没有要求，如果你喜欢，可以一整天都穿蓝色polo衫，不用换，除了正装晚宴要穿正装出席以外，其他时间都没关系。"

服装等级是邮轮的文化，按照公司规定，邮轮摄影师出港拍照，上午、晚上和正装晚宴各有一套款式不同、材质不同的衣服，应时间不同更换，一般过了下午5点就要换晚装了。伊旺竟然对此不要求，在其他经理眼里，忘记换工作服是可以严重到直接给一个正式警告的。不用换装让生活工作轻松了很多，少了换衣服的时间和洗衣服的次数。

不仅如此，伊旺还从来不过问IPM，或者说有意放水。

即使日程表上被排上了IPM，员工依然可以拿着员工卡到港出去游玩，只要没被人发现、向他告状就行。这点让热爱旅行的我心里暗爽了一把，第二个合同成了神仙合同，阿拉斯加和巴拿马运河的航线，我玩遍了所有沿途城市。

经理的风格影响团队的气氛，在伊旺的领导下，整个团队也是轻松有趣。当然最有趣的是伊旺本人，一个把工作当游戏的人，伊旺很会玩。

伊旺经常会出一些非常有创意的点子，这些点子其实对相片的销售业绩并没有直接的巨大帮助，而更多的是出于他个人的喜好。

伊旺喜欢在拍摄肖像照里加入道具的使用。他从14楼甲板层借来了沙滩椅和毛毯，又向酒吧要了两杯果味鸡尾酒，配上摄影部的沙滩背景，再加上巴拿马草帽和墨镜。邮轮游客也非常买账，来排队拍摄的人数甚至能超过正装晚宴的华服照。

初获成效，伊旺又向餐饮部借来了餐桌椅，布置好蜡烛、香槟、红酒、插花，刀叉餐巾一应俱全，搭配上船尾落日的背景，成了一个摄影棚版的私人包厢晚宴。这个背景每次布置完成，路过的乘客都会惊呼"哇哦"。

伊旺还喜欢用GoPro玩水下摄影，于是，泳池照成了摄影部的常规项目。每个航程中都有那么两天，正中午，身为泳池照形象大使的南非帅哥同事埃德加就换上沙滩裤，涂好防晒霜，带上游泳圈，到14层泳池和乘客们聊天，邀请他们拍摄下水时以及游泳时的生活照，当然也顺便推广一下GoPro。

伊旺更是自掏腰包从亚马逊网购了一个飞碟形状的放置GoPro的专用水下摄影罩，可以避免照片出现无序波动的水平线，达到更好的成像效果。

除了泳池照，还有夕阳照。伊旺对落日情有独钟，每个傍晚，他都会指派一名摄影师去7层开放甲板等落日，如果有夫妻情侣经过，就与落日合影，拍上一组，也是颇有意境。

伊旺也会骂，但不是破口大骂而是嬉笑怒骂。他骂人的时候，当然，当事人必须不在场。开例会时，他当着整个团队，一把将自己的寻呼机摔到桌子上。

"又是酒店部经理，这个老女人，一直催催催，都是一些鸡毛蒜皮的小事，什么部门之间了解互通搞联谊，什么顾客特别要求纪念合影，还有她表妹登船，让我为她推荐套餐，我哪有那么多时间呀，催催催，把我寻呼机催坏了吧，我就纳闷最近寻呼机总是不会响呢，你们看！"

一边说，一边露出夸张的面部表情，还将自己的头埋进双手里，又迅速拿起桌子上的电话拨通自己的寻呼号。果然，寻呼机比正常情况下晚响了近1秒钟……这寻呼机可能是摔坏的吧……

整个摄影师团队面面相觑，看伊旺沉浸在自己的剧本里，而摄影师们早已习惯。

"还有，这个照片里的女人你们看仔细了，以后遇到她你们要像对待女王一样，亲吻她的手背，赞美她的着装，哪怕她穿着过时又老气的服装，也要赞美她得体又大方。"

我们一看照片，原来是这个航程中一位抱怨颇多的女顾客。在网络上错过了购买优惠套餐的时间，上了船，硬是要摄影部补给她套餐的价格。

"我从业那么多年，就没有见过这么不讲理的乘客……"

伊旺骂领导、骂乘客，却从来不骂摄影师们。

第一次拍摄主厨特别晚宴，我没有经验，也忘了问同事流程如何，没有及时打印照片送去给乘客，直到主厨打电话给了伊旺。伊旺询问一遍以后，长叹一声，亲自和主厨道歉解释了一番，可事后对我却没有任何微词和责备。如果是黑瑟尔，我估计早已经被骂得狗血淋头了；如果是月亮小姐，二话不说一个正式警告。

伊旺就是这样，摄影师们犯了错，他帮忙担着，却从无苛责，总是站在摄影师们的立场去考虑。

"Song，去换一下鞋子和裤子，跟我到14层游泳池的位置去。"

彼时，正在影像长廊工作的我被这个指令弄得有些摸不着头脑。

换好衣服，伊旺为我备好了GoPro的配件、笔和签单复写纸。原来是要我去14楼和埃德加搭档，如果有人询问GoPro，我就可以借机讲解销售。伊旺还不忘给我和埃德加拍照留影，以此作为他在工作时的创新项目之一向总部汇报。事实是，午后根本没有什么人，我和埃德加就这样在14楼用两个小时看完了一整部甲板露天电影。不过，这也让我在无聊的销售工作之余，好好地放松了一把。

"Song，感觉怎么样？来一个月了，还习惯吗？工作生活有什么问题都可以跟我说。"

"没什么，一切都很好，你的班表是我见过最合理的了，和其他的经理相比，我感觉我在这里更像是在生活。"

这是实话实说，不带拍马屁的成分。

对比月亮小姐13个小时的班表，实际16个小时的工作量，伊旺的班表除了登船日，正装晚宴日和最后一天的销售日会达到12个小时，平时都维持在8～10小时，穿越巴拿马运河那天的工作时间更是短到只有6个小时，而巴拿马航线又是10天的长航程，整个航季，生活的悠闲程度不输游客。

"哈哈，这就是我一直坚持的，让员工work smarter，而不是work harder！"

好是相互的，伊旺对摄影师们好，摄影师们也发自内心地努力为伊旺挣钱，去争取总部制定的高不可攀的销售指标。而我们的团队也着实给力，整个巴拿马航季，每个航程达到指标的百分比在整个船队中一直是最高的，总部推出新产品，我们也是第一个卖出去的，在巴拿马航季更是连续两次达到航程的销售指标，这也让伊旺在每个航程结束后向总部进行电话复盘时倍儿有面子。

伊旺不拘小节，但他拎得住大节。销售业绩和乘客服务质量就是伊旺眼中的大节。

我曾经因为乘客对服务质量的批评被伊旺严肃训斥过。新合同的第一个航程结束，伊旺的邮箱里就收到了乘客署名的评语，同时还有离船时留下的"感谢卡"。评语上写着：摄影们的所有员工都非常好，只有一个中国女生除外，非常粗鲁，也不是很有帮助作用。

我一看那张感谢卡都惊呆了，因为按照正常人的逻辑，感谢卡是写给特别感谢的员工的，如果不感谢，不写就可以了，可偏偏在感谢卡上写了差评，可见，我的确做了某些在美国人眼中粗鲁的事情。

"我从业10年来都没有见过这样的感谢卡，你知道吗？我相信这个乘客一定是喝醉酒了，要么就是脑子不好使了，才会写这样的话。"

美国航线与中国航线的运营模式不同，感受也完全不同，在中国航季，摄影师和乘客就是销售员和顾客的关系，而在美国季，摄影师和乘客可以成为朋友，更需要情感的付出和维系。可刚接触美国航线的我也是丈二和尚摸不着头脑，只得一脸无辜。

"你要记住，乘客的服务质量是我们第一要坚持的。现在，我把这张卡片扔进垃圾桶里，这件事情我就当没发生过，但是如果再出现这样的情况，我就会写进你的合同评语里，听到没有？"

吃一堑长一智，我开始向身边的员工学习，去问候每一个客人，去尝试记住他们的名字。

实行起来并不难，邮轮游客大多数是上了年纪的夫妇，本身就非常可亲友善，而我本身也有着娃娃脸和中国人的优势，总有很多客人会主动找我聊天，可以迅速建立起情感联系，慢慢地，问候每一位乘客成了我的职业习惯。

"嗨，弗兰克，昨天买去的尼康相机，用着感觉怎么样？"

"嗯，非常智能，谢谢昨天你耐心的操作指导。"

"不客气，再见，弗兰克。"

送走了顾客，迎来了伊旺的微笑。

"不错，Song，我非常欣赏你的做法。"

"没有啦，我也是跟大家学的。"

"很好，非常好。"

一个月以后，我成了团队中收到感谢卡最多的人，伊旺对我也从不信任转为了信任。

员工的工作幸福指数除了与上司的管理风格和个人性格相关，还受上司的生活幸福指数影响。幸运的是，伊旺在这个合同开始前成功地向女友求了婚，一脸春风满面。

邮轮上的男子，如果是单身，大多会找同在邮轮工作的女朋友，参考史都华。可伊旺不是，伊旺的女朋友也是罗马尼亚人，他们经历了爱情长跑，即使每次登船，伊旺都会和女朋友分开半年之久，他们也一直认定彼此。在巴拿马航季进入阿拉斯加航季15天的转季航程中，伊旺更是邀请了自己的女朋友登船。

伊旺的女朋友非常小巧，比伊旺再矮上半个头，一张娃娃脸很可爱，32岁了，可看上去却比实际年龄小许多。人好，和伊旺一样充满阳光，能和陌生人自来熟，上午刚介绍认识，晚上已经会为摄影师们在社交平台上的日常美照点赞。

有了女朋友的陪伴，伊旺更加开心，在航程中更是特别为女朋友庆祝了生日，摄影师们全体出席庆生，也给足了伊旺面子。

可在巴拿马航线无限风光的伊旺，在进入阿拉斯加航线以后，却"晚节不保"。

阿拉斯加航线是公主邮轮的旗舰航线，这一年，公主邮轮更是直接派出六艘旗下邮轮同时进驻阿拉斯加，航线一样，天数一样，这六艘邮轮之间便是显性的竞争者。

而我当时所在的珊瑚公主号的销售业绩的完成百分比却从第一一直跌到第五。伊旺是真的着急了，每次开例会时互相鼓励的话变成了一遍又一遍地询问"我不知道我们到底怎么了？之前我非常自豪，因为我们总是第一，而现在我们的业绩却下滑明显，而且是全方位地下滑"。他开团队会议做集训，打电话向总部求助，任何一个有责任心的领导都不希望在工作交接时出岔子。可这些都改变不了内外交困的局面。

外：竞争多了，而刚转入阿拉斯加，也新增了许多摄影活动，航程变短，工作节奏更为紧张。5月的阿拉斯加还没有迎来旅游的旺季，出邮轮还需要穿着冬衣，因此，最初这几个航程的票价也相对低廉，而低廉的票价也意味着游客的消费能力较低。

内：由于巴拿马航线的结束，团队出现了大换血，新员工之间需要磨合，凝聚力自然不如老团队。而新员工对工作并不上心，因为伊旺即将在三周内卸任，按规定，三周以内，领导是不需要也没有权力为员工写能力评价的。新来的员工都明白这点，自然就抱着不消极也不积极的折中态度，与其对一个与自己没有任何利益关系的领导搞好关系，不如留着力气去讨好下一位真正会影响自己评价的上司。

真正卖力的，也就只有跟着伊旺走过整个巴拿马航季的老团队成员而已。

终于，在伊旺合同的最后一周，销售业绩有了起色。我们完成了零售和白金影像工作室两个大项的指标，为伊旺的这个合同画上了一个还过得去的句号。

伊旺离开的时候，大家戏谑又真诚地表示，以后伊旺在哪一条船，就跟着去那一条船。

"伊旺，你下一条船是哪里呀？"

"婚姻！"

八月，伊旺和他的女朋友举行了婚礼，他社交平台上的每一条动态都有100多个赞。

伊旺不像史都华，外表绅士却有雷霆手段；也不像月亮女士，永远带着职业性的微笑假面。伊旺有着一颗赤子之心，表里如一，自带阳光和正能量，能和任何人很快地成为好朋友，人们也愿意和他成为朋友，他也是我心中最怀念的经理。

⚓ 罗马尼亚情人

　　画廊管家，也是销售经理，主要负责影像长廊销售部分的管理，与实验室经理一起充当摄影部经理的左膀右臂。

　　影像长廊营业时，销售经理就会全程监督陪同工作，高峰时期也会帮助销售，除此之外，每个航程的销售业绩盘点和报表制作，零售品库存清点以及影像长廊的清洁打扫工作也是必不可少的。同时，在人手不够时，也负担一部分的拍摄任务。

　　和高冷严肃的实验室经理相比，我遇到的所有销售经理几乎都是性格好、人缘好、好说话的三好先生。实验室经理每日与机器为伴，销售经理则经常和摄影师们打成一片，也经常在生活上照顾摄影师们，就像摄影师们的生活管家。

　　情商高是销售经理的一致特点。但过犹不及，情感一旦泛滥，故事就多了。

　　比如来自罗马尼亚的瓦伦丁，在共事的5个月里，让我看了一出八点档的狗血偶像剧。

瓦伦丁，人如其名，英文里的情人，情感极为丰富之人也是极度情绪化之人。在第二个合同见到他之前，他更为我所知的身份是与月亮小姐相恋了10年的男友。这件事在整个公主邮轮的摄影团队内都是知晓的。

"如果单就月亮小姐还好，如果她和她男朋友一起来，呵呵，她不是一个人在折磨你们。"

"对于我来说，月亮小姐的男朋友是一个好人，帮了我很多的。"

在没有见到瓦伦丁之前，李昂在第一个合同中向我提起的这两句，是对这位"情人"仅有的评价。

俗话说，不是一家人不进一家门，想象月亮小姐的乖戾和反复无常，估计瓦伦丁也是个不好惹的主。但事实是，瓦伦丁和月亮小姐是完全不同的两种人。

瓦伦丁身高一米九，帅气里还带着点萌，尤其是两只圆溜溜的眼睛。生气起来就努力把眼睛瞪出眼珠子来，让人背后冒起阵阵寒意。

别被他骗了，下一秒他立即咧嘴笑开。一秒变脸，是他开玩笑的方式。

瓦伦丁和其他的销售经理一样，性格好，还经常在生活上照顾摄影师们。加雷斯和埃德加吵架了，他出面调解；涂聂思失恋了，他言语宽慰；伊旺的女朋友过生日，他帮忙在酒吧举办派对；我的面霜用完了，也是请他从亚马逊订购，快递到邮轮。

印象中，和瓦伦丁共事期间，他只发怒过一次。

那天晚上，他突然气冲冲地跑来跟我说："Song，你有看到刚才那个男的嘛，他将一张照片卷起来放进了袖子里，没付钱就走了。"

被他这么一说，我突然懵了。当时正是晚上8点多光景，正是影像长廊的客流高峰期，我完全没有注意到。

彼时那位拿走照片的客人已经进入附近的酒吧看表演了，碍于乘客的身份，瓦伦丁不能冲进去找这位客人让其付钱，如果真是一只漏网之鱼，也只能干着急了。

"Song，你不知道，我可以忍受客人无理取闹，但是翻拍和偷照片我是一万个不能忍受的！"瓦伦丁右手握拳，不停地砸向自己左手的手掌心，眉毛快拧在一起了，看得出来他是真的又着急又生气。

后来，瓦伦丁就在那酒吧门口守了两个小时，一直等那男乘客出来。男乘客自述只是想拿照片给妻子看看，比较一下要买哪一张，结果一看表演就忘了时间。当然最后还是付钱购买了。

其实，像瓦伦丁这样在邮轮工作了十年以上的员工，邮轮早就已经不仅仅是他们工作的地方，而是他们生活的地方。

瓦伦丁每个假期都只休息一个月而已。

"家里休息太没意思，没有朋友，还不如在邮轮工作呢，邮轮已经是我的生活了。"

工作上发生的事他们已经渐渐不太在乎了，但是生活的方方面面他们越来越在乎。

瓦伦丁在乎的是爱情。

瓦伦丁到任后的第二天晚上，我就被他叫到了经理办公室，办公室里还有伊旺。

瓦伦丁开门见山，"Song，帮我个忙，你在搜索引擎里输入中文网址，看看能不能帮我订到蓝宝石公主号在台湾的航程，我要安排好去那里见一个很重要的人。"

"Song，帮忙吧，我答应你，如果你办成了，我给你的员工评价里打5分！"一旁的伊旺帮衬道。

我自然义不容辞，但是在工作时段帮经理处理私人任务，这还是第一次。不过运气不好，因为时差，电话无法连线。可当时的我不知道，这个帮忙只是个开头。

后来陆陆续续，我又帮他找中国台湾订邮轮的网站，找中国航季认识的台湾员工。瓦伦丁也是一脸诚恳哀求的模样，频频感谢。而瓦伦丁自己也是相当拼命，亲自联系当时在蓝宝石公主号的经理，安排客房，买无法退款的机票，语言不通却执着地预订台湾的酒店……

而那个重要的人，很快浮出水面。

瓦伦丁的房间就在我的隔壁，我去他房间取快递，发现了书桌上方贴了整整一墙壁的照片。

8cm×10cm尺寸的照片占据着中心，主人公是他和……艾玛！

所有的照片都是他和艾玛，有生活照也有白金影像风格的黑白照片，其中一张甚是亲密，瓦伦丁似乎是壁咚了一下艾玛，而艾玛则在瓦伦丁怀里露出娇羞的笑容。照片墙两边还挂着两个很有东方特色的小红灯笼。

艾玛当时正从皇家公主号调到蓝宝石公主号担任白金影像摄影师不久，而瓦伦丁也是刚从皇家公主号调过来的。

心中立时猜到了七八分，但是看破不说破，更何况，我不是一个喜欢八卦的人。

半个月后，瓦伦丁消失了，消失了整整四天。

因为瓦伦丁不在，摄影部人手不够，本来应该由经理助理或者高级摄影师负责拍摄的正装晚宴香槟塔合影，伊旺临时让我这个一级摄影师接替，估计在公主邮轮历史上也是破天荒的事儿了。

"瓦伦丁去哪儿来了？还会回来吗？"

"他去办一些私事，到阿鲁巴港那天他会回船的。"

伊旺说得轻松，可我分明看到他眼中闪过了一丝无奈。

瓦伦丁不在的四天，画廊经理应该做的工作，伊旺只能全部自己接手了。

"下载完照片后，要登记，这么简单的事情，难道我的销售经理没有告诉过你吗？"伊旺正向加雷斯半开玩笑地说着。

"你的销售经理在哪里？"我在一旁提了一个令人尴尬的问题。

"哦，我的天呐，是呀，我的销售经理在哪里？这是一个好问题！"伊旺习惯性地夸张地将脸埋进双手里。

"瓦伦丁和我还是一个国家的呢，我以为他会是个好的销售经理，会帮我很多的，我原来以为是……"

船停靠在阿鲁巴时，瓦伦丁准时回来了。可是，完成心愿的瓦伦丁反而看上去精神萎靡不振。再经过瓦伦丁的房间时，那墙壁上的照片已经全都不见了。

某天下午班次结束后，看见瓦伦丁正在怔怔地发呆出神，"怎么了？看你一直不高兴。"

"你想知道？"

"嗯哼，如果你想告诉我的话。"

瓦伦丁一把抓住我的手臂，把我拉进了旁边的员工通道里。也许，他也正在等一个可以倾诉的人。

"我喜欢艾玛，你知道吗？"

"嗯，我猜到了。"

"我和艾玛是在皇家公主号相识的，然后我们相爱了，平时无论做什么都在一起。为了她，我甚至和月亮小姐提出了分手，你知道我和月亮小姐谈了10年的恋爱。我和月亮小姐解释，解释了很多，说我喜欢上了艾玛，说我已经对她没有爱的感觉了。"

"嗯……"

"然后就是调到这里以后，我忙东忙西，你也看到了，就是为了能去蓝宝石号看她，可是……"

"怎么了？"

"我到达航站楼，我在那里等她出来，却碰到了另一个男生，这个男生的相貌我曾经在艾玛的社交平台上看到过，就走过去打了招呼。"

"你等艾玛嘛？"

"是呀，你也等艾玛？"

"你是艾玛的？"

"我是艾玛的男朋友。"

"……我也是艾玛的男朋友。"

两人面面相觑。

"我当时心里很震惊，但我还没想那么多，只想快一些见到艾玛，我打了电话给艾玛，她下楼来和那个男生说了几句，那个男的就进船了。艾玛对我的出现并不高兴，还说我这样做给她带来了很大的困扰。"

说到这里，瓦伦丁气血上涌，语气明显急促起来。

"我为她做了那么多，我问了那么多人，做了那么多事情，我买了机票，抽出工作时间去见她，我以为她见到我一定是很惊喜的，可是她不仅觉得我这样做是给她惹了麻烦，还莫名其妙多出了一个男朋友。我的感觉很糟糕，真的非常糟糕。"

一句非常糟糕，very bad，是他最后反复重复的话语。瓦伦丁用英语说这些话的时候，就像流水账一样倾泻下来，都不带停顿，一说就是一个小时，我班表间的休息时间就在他的倾诉中过去了。

瓦伦丁已经40多岁了，可被爱情困扰的他，着急起来依然像个天真的孩子。

为了喜欢的人，瓦伦丁不惜顶着被辞退的风险，飞越半个地球只为去见个面，这样的做法非常不职业化，却又证明了瓦伦丁是个性情中人。

性情中人易被情绪影响，瓦伦丁虽然在艾玛处遇到了不快，但是情感的创伤愈合得也飞快。一个月不到，就又开始嘻哈大闹，和摄影师们打成一片了。

"Song，你知道吗？我和月亮小姐谈了10年恋爱以后，我发现我的审美口味都改变了，对欧洲女孩完全没有了兴趣，我喜欢亚洲女孩，就像你这样的。"

笃定不在邮轮谈恋爱的我，听到瓦伦丁这样说，就当耳旁风了。

当然，他要我当他的中文老师的要求，我还是答应了。至于教的内容，只有简单的5句话，5句他常用的搭讪语。分别是：

"你今天的微笑很美。

"你的眼睛很漂亮。

"今天的天气很不错。

"晚上吃个饭怎么样？

"要不要一起……？"

瓦伦丁很认真，把我的中文发音用他的罗马尼亚音标拼写出来，记在小纸片上，揣在兜里，每天晚上在影像长廊见到我，都对我重复这么几句话，还不停地询问发音是否标准。

我每次说标准，他都露出一副得意的笑容，像捡到了不得了的宝贝似的。

我以为他说只对亚洲女孩感兴趣，只是说说而已，没想到是认真的。

结束在珊瑚公主号的合同，瓦伦丁被公司派往了蓝宝石公主号，不过艾玛已经不在那里了。新合同开始不到两个星期，瓦伦丁就在他的社交平台中晒出了与一个中国女孩脸贴脸的亲密合影，向所有人公开示爱。

瓦伦丁，果然是不负他的名字，不知道他在搭讪的时候是不是用了我教给他的那几句中国话呢？

⚓ 销售大师迈克

PART I

当我看到他把卖照片变成了脱口秀的时候，我觉得我还是把销售这件事想得太肤浅了。

我相信，从事艺术类工作的人身上多多少少都带有一些清高和傲气，摄影师当然也不例外。

在邮轮上，有太多的高级摄影师，当相机在他们手中，便化身为创造时间奇迹的魔术师，一瞬成永恒。可当他们手中的相机变成了计算器，就各种木讷且郁郁寡欢起来。

可偏偏，邮轮摄影师的职业，销售是考核摄影师优劣的第一指标，拍得好不如卖得好。

摄影是创造的，销售是枯燥的。

这种观念一直扎根在我的脑子里，直到遇到迈克。

"下午好，先生，你的照片正在对你微笑呢。（Hallo, gentleman, your

photos are smiling to you.）"

"下午好，美丽的女士，你的照片正在等着你呢。（Hallo, beautiful lady, your photos are waiting for you.）"

"下午好，女生们，你们的照片正看着你们哦。（Hallo, young girls, your photos are looking at you.）"

这是迈克喜欢的问候语，和常规的"先生，有什么可以帮助你的吗？（Sir, is there anything I can help you？）"不同，他喜欢反客为主，将相片拟人化，显得有趣。

"下午好，先生，以及你的女朋友。"

一位绅士手拿着4张挑选好的肖像照片向迈克走来，身后还跟着他的妻子。

"他不是我女朋友，她是我妻子。"

"不不不，她是你永远的女朋友。"

"嗯哼，这句话听着很甜蜜哦。"

来邮轮度假的基本都是退休了的老夫老妻，可迈克称呼他们从来都用男女朋友。如果夫妻称呼指的是道德和法律层面，那么男女朋友则突出了爱意。被这样称呼的夫妻从来没有一对对迈克生气过，而是100%的好感度提升。

每当听到这个，我就会不自觉看向迈克，因为我知道，一场脱口秀又要开始了。

"这位先生，你已经挑了4张照片了，可以考虑我们的全包套餐，会省很多钱的。"

"什么是全包套餐？"

"如果你买了全包套餐，所有这个航程中由摄影部拍摄的照片都在内，包括晚宴照、肖像照、休闲照和活动照。一张照片是20美金，但是全包套餐是无限量。此外，你还可以免费获得一艘船。"

"船？"

"是的，这个世界上唯一不防水的船哦。"

迈克边说边将自己脖子上挂着的样品恭敬地递到先生的手中。

船其实是公主邮轮的U盘，邮轮造型，还带着公主邮轮的LOGO，是一件很有设计感的纪念品。

先生在拿到U盘的一瞬间，先是惊讶，接着就突然笑出了声。

"这是一个船造型的U盘，我们会把你在这个航程中拍摄的所有照片的电子底片都拷贝在U盘里，而这些底片都是免费的。"

这对夫妻开始端详起U盘来，可迈克是不会给他们太多思考时间的。

"另外，我们还送相簿。"

迈克掏出早就准备好的相簿样品，一页一页地展示。

"因为全包套餐，这又是一个21天的长航程，你一定会有许多照片，所以我们都已经为你考虑好了，这相簿的尺寸正好可以放下我们的肖像照，这样你就不用担心那么多的相片没有地方放了。"

"……嗯，我们决定购买，全包套餐多少钱？"

"209美元。"

价格是一个销售者的底牌。如果不是顾客主动提价格，像迈克这样有经验的销售高手是从来不会把价格先报出来的，永远先搭售，再报价。

彼时，公主邮轮的全包套餐其实只需要199美元，包括航程中所有的相片和电子底片，那多出来的10美元自然是相簿的价格。

"好的。"

先生愉快地将自己的房卡递给迈克结账。

"哦，您叫克林顿，和美国前总统同名？"房卡上印有乘客的名字。

"哈哈，是呀。"

"哦，克林顿先生，稍等，我再送您一件东西。"

"什么？"

"啦啦啦，一个免费的塑料袋，这是给总统先生的特别礼物。"

"哈哈，还有别的免费的吗？"克林顿先生已经被一连串的免费和称呼勾起了兴趣。

"当然啦，最后一件，也是最珍贵的一件，来自迈克的免费拥抱。"他边说边走出柜台，张开双臂狠狠地给了克林顿先生一个大大的拥抱。

接受了突如其来拥抱的克林顿先生和妻子相视而笑，随即情不自禁地哈哈大笑。

"我叫迈克，以后和摄影有关的问题都可以来问我，你们买了全包套餐，会天天见到我的。"

"知道了，小伙子，你人不错嘛。"

"谢谢，期待每天见到您。"

情感销售永远是压轴的，也是最强力的。客人在为愉悦的体验买单而不是相片本身。

这一番对话下来，迈克和这对夫妻有了情感维系。可想而知，以后这对夫妻拍照会找迈克，咨询会找迈克，他们每找一次迈克，迈克都会相应地再推荐一件产品，可能是DVD，可能是白金影像工作室拍摄，也可能是任意一件零售品，不用多，每次一件就够了。

如果迈克提供这样的愉悦体验是持续的，那么等到航程结束，迈克至少会收获一张来自这对夫妻的感谢卡，运气好一些，可能就是一笔可观的小费，甚至可以互相交换联系方式，成就一段忘年交或者跨国友情。

比销售情感更难的是维系情感，而迈克自有其法宝。

迈克可以记住每一个他接待过的顾客的名字。第一次见面便记住，第二次便能呼出。

名字意味着与众不同。

这是一个巨大的魔法，那些被迈克记住名字的乘客，每一次回顾都比上一次更开心。因为当他们的名字被迈克记住并叫出的时候，感受到的是一种尊重，更是一种荣誉性的区别对待。

适当的销售技巧再加上绝佳的语言天赋，迈克成了我心中的销售大师。

听得多了，也就顺便偷师了。

遇到有乘客看数码相机，也会调皮地来一句："先生，是想为自己找一个新玩具吗？"

先生会心一笑，站在一旁的迈克听了，也笑着回一句："不错哦，学得很快嘛。"

印象中，在影像长廊里见到迈克，他永远挂着微笑，带着饱满积极的情绪，永远充满正能量。他把枯燥的销售变成了一种语言艺术，而他自己也享受其中。

我对五级摄影师的改观也是从迈克开始的。

在迈克之前，我遇到了两位五级摄影师，一位加雷斯，倚老卖老，张扬跋扈，一切以自我为中心，销售会抢单；另一位是费尔马，为人处世谦卑有礼，但心里打着自己的算盘。

迈克是接替加雷斯到来的。

哼，又一个菲律宾五级摄影师，我倒要看看是个什么幺蛾子。

可迈克确实是五级摄影师里的一股清流。

迈克身材中等，长着一张国字脸，浓眉大眼，下巴和人中两边还带着点小胡须，说话时声音洪亮中气足，咬字清楚语速适中。

"你们刚入职，你们的评价标准和我们不同，你们主要看的就是销售业绩，而我们，经理主要考核的是我们的团队协作能力和管理领导能力。我不会和你们争销售，而且会帮你们销售，因为这也是我们考核中的一部分。"

迈克说到做到。自己销售很厉害，却并不急着卖。在影像长廊销售的高峰时段，甚至会主动把销售让给新摄影师们，自己则在影像长廊里帮助顾客寻找照片，维护乘客排队时的秩序。

我真正认识到销售的艺术就是从这位迈克开始的，可迈克到来的时候，已经是我第一个合同的尾声。碍于交集时间太少，想学也不能学到多少。

PART II

也许上苍有意想让我学习到更多销售的奇妙，在第二个合同中，我又遇到了一位销售大师，巧的是，这个人也是一个菲律宾人，也叫迈克。

这位迈克，脸圆圆身体也圆圆，说话慢慢的，走路也慢慢的，一瘸一瘸，跛足。

"在一次肖像照拍摄的时候，我被身后的支撑杆绊了一跤，就发生在半个月前，结果一个蠢女人就推着她的轮椅从我的脚背上碾了过去。"

彼时的他正在向我展示他的摄影作品，他是专业的摄影师，在菲律宾的家乡还开有自己的摄影工作室。他爱动漫，摄影作品基本都是动漫人物的cosplay。

对这位迈克的好感是从借充电器开始的。迈克的宿舍当时正好在我的隔壁，那次我又忘记了带上电脑充电器，正好看他用的也是同款笔记本，便问他借来着，他很爽快就借我了。借来了以后，就一直我在用，仿佛我才是这充电器的主人。

但他的与众不同，是在例会上，伊旺宣读乘客感谢卡的时候才真正感受到的。2000个乘客的邮轮，他能拿到39张感谢卡。对比其他摄影师4～5张，这简直是一个天文数字。

"哈哈，虽然我们船小，团队也小，只有7名摄影师，但我们拿的乘客感谢卡数量却超过了整个餐厅部的总和。"伊旺咧嘴大笑。

不用说，大家都知道谁的功劳最大。

于是，我又开始了偷师。

"嗨，史密斯先生"，迈克见到认识的客人，熟络地迎上去，右手用力握住史密斯先生的手，同时，左手轻拍史密斯先生的右后肩膀，"今天的开曼群岛感觉怎么样？有去潜水吗？我上次去了北部的一个……"

接下来是长达15分钟的聊天。

从目的地风景聊到潜水攻略，从餐厅美食聊到摄影活动。

"你昨晚拍的照片，我和太太都很喜欢，你是不是处理过？"

"哈哈，没有哦，我只是在拍摄时稍微旋转了一下，就是把您拍出好莱坞明星的感觉。"

"哈哈，你真的很专业。"史密斯先生边说边用力与迈克握手。

"这是我们的职业嘛，我们要好莱坞，不要木头脸（Hollywood but not wood）。"

秒懂的史密斯先生更加开心。而一直旁观的我也笑出了声。迈克见了，把我拉过去，对史密斯先生说道："这是Song，我女朋友，来自中国。"

史密斯夫妇瞪大了眼睛："非常可爱。"

"不要相信他，他做白日梦呢！"一秒破功。

史密斯夫人笑了，牵起迈克的手，转身对我说："我们在新泽西的房子很大，迈克那么有趣，我们都想认他做干儿子。"

"好呀，带上我，买一送一！"

我和迈克干脆一唱一和，史密斯夫妇被我们互动逗得更乐了。

"啪！"史密斯夫妇走后，我和迈克击掌庆祝彼此默契的表演。

有了这第一次的配合，每次迈克和乘客热聊的时候，我都会去凑一凑，一边尬聊，一边偷师。

如果说第一个迈克还是靠销售技巧取胜的话，那么这个迈克完全是天生的商人，他有出色的营销能力。

产品和体验对他而言已经太过低端，他营销的是他自己。

迈克是整条船的明星，邮轮的每个员工几乎都认识他，甚至在穿上正装晚宴西装后，被乘客误以为是摄影部的经理。认错了就将错就错，迈克也不推脱，大摇大摆地以"经理"姿态为顾客答疑解惑。

但木秀于林，风必摧之。

过犹不及，聪明的人总会输在太聪明。

迈克谙熟做生意时的人情法则，在销售时也用了起来。

除了和乘客们称兄道弟外，迈克也习惯于在销售时放水来巩固人情。比如249美金的全包套餐，他刷199美金的条形码；比如为了卖出最后一台拍立得相机拿提成，他会提出赠送4张肖像照作为福利；为了得到一个有质量的白金订单，他也会以赠送纪念卡的方式回馈顾客。

有教养的邮轮乘客们得了便宜，也会给迈克"好处"，迈克每个航程暗中收获的小费数量有基本工资的一多半。

摄影师团队很小，其实大家都知道迈克有损公肥私的现象，但也因为迈克的超高人气为摄影部带来了更大的收益，所以摄影师们也都抱着随他去的心态。一张两张照片的赠送不算什么，毕竟照片的成本极小，但人数一多起来，就可观了。尤其是在团队总业绩连续两个航程离指标只差两三百美金之后。迈克开始成为部分摄影师的例会批评对象。

除了销售的负面影响外，迈克也连续在拍摄业务中出现失误。因为腿疾，迈克就直言不能参与背景布和大器材的搬运，因为自己开着工作室，拍摄登船照的空隙就会偷偷躲到背景布后面登陆社交平台公共页，处理工作室的留言和相关情况。团队中甚至开始出现流言，质疑迈克的腿瘸是装出来的，不然怎么会三个月了还没有好。而在团队中不负责任的态度更是被加雷斯抓住了小辫子，每次例会都咬住不放，向经理告状。

直到，迈克正式因病请假。

大家都以为迈克只是病假一天，被医务中心隔离观察而已。可是第二天，迈克也没有回来。

第三天，迈克寝室里的所有物品都已经被打包完毕。我们才知道，医生判定迈克的腿疾无法使他再正常工作，所以已经让他申请了因病离职，公司已经将酒店订好，机票买好，迈克将在下一个靠港日被送回菲律宾。

迈克就这样走了。

没有人想到万人迷迈克是这样的一个结局。

迈克不在工作的第一天，史密斯先生就来问："迈克在吗？我想找他聊天。"

"迈克不在，他生病了。"

第二天，史密斯先生又来了："迈克回来了吗？我想找他说话。"

"他不在，还在医务中心。"

第三天早晨，乘客都要下船了，还是史密斯先生："迈克还不在？"

"不在，他生病了，今天会被送回菲律宾。"

"啊？那我能跟他打个电话吗？"

"不能，他不在寝室，在医务室，我们也打不了他电话。"

史密斯先生怏怏而返，手中还捏着一个白色信封，应该是给迈克的小费吧。

迈克离开后，团队出现了长达一个月的销售萧条期。最痛惜的是经理伊旺，每次例会，他总会抓狂：

"我不知道我们团队最近怎么了，之前我们的销售业绩是船队中最好的，我知道迈克有些地方你们看不惯，但是看看这些感谢卡，迈克已经离开三个航程了，我的邮箱还是能收到乘客给迈克的感谢卡，这说明有些地方迈克做的是对的！"

在熟悉了新的工作环境以后，从迈克处学到的销售技巧被我充分利用了起来，比如，记住客人的名字，和客人适当的肢体接触等，再加上原有的勤奋，很快，我成了团队中销售的第一名。

后来我知道，迈克原来是迪拜某酒店的高级经理，来到公主邮轮后应该至少是高级摄影师，可是公主邮轮却让他签二级摄影师的合同。当然，迈克不会同意。

三个月后，迈克有了新动态，看来他的腿疾修复得不错。图片中的他正坐在沙滩上享受日光浴，旁边的矮桌上放着他从不离身的尼康相机。

看着图片里的迈克，忽然想起在加勒比海航行时，一个阳光满溢的午后，他突然问我：

"Song，你有梦想吗？"

"有啊，写书，环游世界。"

"不错，我呢，我的房子后面有很大的空地，我一直攒钱，我就想在那里造一个属于自己的摄影棚。"

他的眼神放空了一会儿，也许是在脑海中想象着自己摄影棚的样子。

"Song，人永远要记得你自己的梦想，并且努力地去为它奋斗。"

我一直期待着，也许下一次看见迈克更新动态，迈克坐的那片沙滩就真的变成了一个天然的摄影棚了呢！

⚓ 又一个"萌新"

拉比萨，葡萄牙人，我在公主邮轮上的最后一位经理，又一个"萌新"。

拉比萨很瘦，颧骨突出，眼窝深陷，远看如干尸一般，S号的工作服穿在她身上像一件大衣。她瘦还不吃东西。

上邮轮就是横向发展的开始，但拉比萨却有着惊人的自律，一天一顿饭，饮料只喝水，这点生活习惯竟然与我颇为相似。

拉比萨上任，还带来了她的男朋友——詹姆斯，同时担任新的实验室经理。

在邮轮上，员工们可以自由恋爱，如果确定了关系，并且有长期发展的打算，就可以向船员办公室申请"关系链接"，拥有"关系链接"的男女员工有极大可能会在之后的合同中被分配到同一艘船。而如果这对情侣是在同一个部门，又彼此共同奋斗，则很有可能双双成为经理，共同管理。萌新拉比萨小姐新官上任，为了能更好地管理团队，公司将男朋友安排为实验室经理进行辅助也可以更好地使管理权力集中。

集权，对经理自然是好，但在摄影师们眼里就是一言堂，夫妻店，男女混合双打。团队的氛围也一改伊旺在时的轻松活泼，变成了沉闷无语。

新上任的经理急需要树立自己的威信，摄影师们也是彼此心照不宣，每次拉比萨说有没有人对她的提议有疑问时，大家一致低头不语。

比团队威信更重要的是业绩，每一个经理都需要业绩，萌新经理尤其需要，因为老经理们早已经有辉煌的历史过去，可以不必太在意，而对于第一次担任经理的拉比萨而言，这个合同中，团队交出的业绩可以直接影响她以后的职场人生。团队的销售压力陡增，工作时间延长，这是每个摄影师都能感受到的。

最明显的感受是邮轮港口照的拍摄，伊旺从来都只安排3个小时的拍摄任务，有时候拍到2个半小时，伊旺会突然出现巡视，然后笑着对摄影师们说："我看了一下，只有200个乘客了，大家回去休息吧。"而拉比萨则将港口照的拍摄时间延长到了4个小时，哪怕邮轮上只剩不到100个乘客，她也会坚持说："一切按照我排的班表来。"

新官上任三把火。拉比萨接任后的第一把火就是分明奖惩。

接任后，拉比萨对上一个航程的员工表现进行了奖励。出乎我意料之外的是我获得了一日免工作的奖励，因为销售额最高且订到了最多的白金影像订单。这样的奖励机制伊旺也有，即使获得了销售业绩第一，但我却从来没有要求过，因为团队的业绩是团队所有人的努力结果。如果一个人休息一天，就意味着这个人当天的工作将会被分摊到团队中的其他成员身上。大家都不想这样做，所以我从来不向伊旺申请一日休假的奖励。除了奖励，拉比萨也对销售额落后的两位五级摄影师进行了批评式的鼓励。让所有摄影师在最关键的销售上不因经理更换而松懈。

第二把火则是清点货物，完成交接工作。

办公室的各类文件全部拿出来重新分类归档；影像长廊的所有零售品也一一重新清点了一番。詹姆斯负责的摄影器材领域也进行了重新盘整，所有的背景布都拿出来检查有无缺损，并拍照记录。摄影部的杂物储藏室也进行了清点，所有的道具服装和备用道具都被一一搬出检查。清点当然不是一天内完成的，这一清点就是整整半个月；清点当然不是经理完成的，这重任也就分摊在了每一个摄影师身上。半个月下来，所有摄影师都疲惫不堪，感觉浑身力气都被抽光了。

两把火烧完，威信基本建立。拉比萨开始放飞自我了，但由于经验不足，问题也接踵而至。

一个经理的智商和能力从她的排班表就能看出来，而拉比萨最大的问题就是排班表。

经理交接时，通常前任经理会为接任的经理安排好两个航程的排班表。然后，接任经理再根据实际情况调整。

拉比萨的排班表是个笑话。

首先，不是IPM的人出不去。拉比萨担任经理后，要检查IPM卡的放置，所以如果被安排了IPM，那就不要想着出去了。不过，按照惯例，如果员工被安排了IPM，那么当天的任务通常会多一些。比如，登船日的IPM通常都会给需要拍登船照的员工，反正出不去，大家也心安理得。但拉比萨刚好相反，不需要拍登船照的员工反而有IPM，结果那些有时间出去放松的员工只能窝在自己的寝室里度过无聊的一天。

其次，一日三改。有经验的经理的排班表通常都会在前一天晚上做好，而且不会变动。有些老经理更是会贴心地提前排好一个航程的排班表，让摄影师们可以提前做好规划。而拉比萨的排班表永远没有定数。影像长廊里排班表从来不会存在超过5个小时，上午去是一个样子，下午是另一个样子，晚上又完全不同了。朝令夕改的排班表基本丧失了排班表应该有的权威性，也让摄影师们恍恍惚惚，因为没有人知道今天接下来会被安排什么。

最后，为团队建设让路。新官上任，除了要树立威信，也要和每一位员工搞好关系交朋友。于是乎，在每一个靠港日的拍摄任务结束后，总会有一个和团队建设有关的活动出现，有时候是一起约着培训，有时候是组队外出野营，还有别出心裁的各国咖啡品鉴会，无论什么活动，拉比萨的要求就是所有人都要参加。本来靠港日是摄影师们唯一可以放松自我好好休息的日子，可惜都被拉比萨安排了各种活动，而活动的时间刚好每次选在休息时间段的中段，结果就是出去时间太短没意思，休息时间又太短，根本休息不好。

不过，随着摄影师们的抱怨增多，拉比萨也开始将排班表慢慢修改得合理起来。

看过拉比萨的萌新错误，但也看到了她从萌新开始变得成熟。

在合同结束的前一个月，我终于忍不住大哭了一场。起因很简单，上午结束港口照的拍摄需要进行全船的安全演习。而我当天被安排的任务是驼鹿扮演者，扮演驼鹿要穿上厚重的衣服，排班表上写着9:30结束，演习10:00开始，按道理讲，一切按照排班表来，9:30就应该结束拍摄，可是两位五级摄影师坚持称当演习喇叭响起之后再结束拍摄。就这样，9:45当全船喇叭响起，我从7楼甲板跑到3楼实验室脱下驼鹿装扮再到9楼拿救生衣，时间根本来不及，结果当我拿着救生衣到再回到7楼，演习早已经开始，防火通道门紧闭，烟雾已经开始喷发。我只能自己打开一道道防火门进入我应该待命的区域。我慌了，第一次错过全船演习，不知道会不会得到一个正式警告，更埋怨两位五级摄影师——埃尔文和加雷斯，因为他们两个是拍摄者，根本不用换衣服，15分钟对于他们来说绰绰有余，但对我而言则捉襟见肘。

就这样，演习结束，我跑进拉比萨的办公室，终于没忍住哭了起来，向经理诉苦，把两位五级摄影师的种种不合理行为，如何言语行为暴力，如何不遵守排班表的规定等都向拉比萨倾诉。

出乎我意料之外的是，拉比萨异常冷静，安安静静地听我说完，一边时不时地给我递上纸巾，一边认真记录下我的陈述。

也是在那一天，我感受到了拉比萨出奇的理性和镇定，与黑瑟尔和月亮小姐都不同，拉比萨是一个没有太多情绪的女人，她说话永远是慢慢的，表情总是皱着眉的，但很少生气，也几乎从没有开怀大笑过。偶尔的少女心会流露在排班表上，在班表下方的空白处画上一幅卡通画，追打的小人、有毒的骷髅头、棉花糖和棒棒糖等。

女孩子的哭泣就是情绪宣泄，情绪宣泄过了，就没什么事了。但拉比萨却无比认真地对我的哭诉进行了后续跟踪调查。

当晚，我就被叫到了办公室。

"我和你所在的应变部署待命区域的负责人通过电话，他告诉我你不算迟到，所以你不用担心，我也找埃尔文和加雷斯谈过话了，其实他们说得也没错，演习确实是广播通知以后开始，不过我一般都把排班表排在9:30。关于他们的粗鲁行为，也不只有一个人向我反映，但只要是和工作有关的事情，都要按工作的规章制度来。"

简简单单几句话，就把事情解决了，大意就是什么事都没有，别往心里去了。

拉比萨性情寡淡，她有自己的社交平台，但最后一条推送是在2011年。爱情会冲昏女孩子的头脑，但对拉比萨似乎没有影响，因为詹姆斯是一个比拉比萨还要寡淡自律的人。两个严谨的工作狂在一起，最后工作和生活都没耽误。

离开邮轮后，我就失去了拉比萨的消息。不过像这样努力工作又严谨的女子，职场会给她应得的回报。

⚓ 唯有热爱

PART I

9.9分。

如果人的长相能被打分的话，满分10分，那丹尼尔就是接近完美了。

典型的欧式五官，刀刻般的面部轮廓，像年轻时的马龙·白兰度，南非血统，却有英伦绅士风度，还有迷人的低音炮，性格闷闷的，喜怒哀乐是同一张高级厌世脸，不爱说话，浑身透出一股高冷范儿。

最适合丹尼尔的工作应该是形象大使，就连伊旺也充分利用了丹尼尔的先天优势来为摄影部的新画框产品做广告。

而丹尼尔在摄影部担任的工作也和他的长相一样完美——邮轮摄像师。

邮轮摄影部有一种DVD产品，里面记录的是每一个航程中途经港口的美景和乘客们参与的邮轮特色活动。时不时地还会有邮轮婚礼和誓言重温的记录拍摄。邮轮摄像师就是全权独立负责DVD产品的制作、生产和销售。要购买DVD的游客都要提前预订，等离船的前一天再取货。DVD产品只有在长航程才有，所以邮轮摄像师也总是被分配到7天以上的航线，环球航线、洲际航线是家常便饭，这点让热爱旅游的我无比羡慕。

我曾经羡慕过免税店的员工、赌场的员工，羡慕他们一到靠港日就放假，不像摄影师们还要苦苦地拍一个上午的港口纪念照。但他们都不能和丹尼尔的工作相比。

靠港日，丹尼尔一天的生活是这样的：背上自己的装备，免费和游客们一起参团（行程中享受准游客待遇，真正的边工作边旅游），在游玩过程中，记录下沿途的风景和游客们的精彩瞬间，返回邮轮后，将素材编辑成短片。

海上日，丹尼尔则需要拍摄邮轮内的固定活动，比如蔬果雕刻和公主明星舞蹈秀等。同时，他也会被经理安排参与影像长廊的销售工作。每次丹尼尔在影像长廊，都会引起一阵骚动，丹尼尔推荐买的东西，百分之九十九不会被拒绝，看脸，果然是全世界的癖好。

不过丹尼尔没有相片类的销售指标，更没有销售压力，在影像长廊待的时间也比摄影师们要短许多，其余的时间都是自己的休息时间。

摄影部里藏龙卧虎，而摄像师们大多都是技术大拿，丹尼尔也不例外。

我曾和丹尼尔一起搭档，在巴拿马运河航线中参团拍摄，我照相，他录像。工作时的丹尼尔永远背着一个橙灰相间的大背包，背包的左肩带上有一只毛绒玩具，是动画片马达加斯加里的小斑马。

丹尼尔的背包在我眼中是机器猫的口袋，我背着一个尼康D300走一天，可丹尼尔却总是从包裹里拿出各种不同的器材，因地因时而变换着。

某晚工作结束，正坐在走廊里码字的我，突然听到一阵窸窣的声音。穿着背心沙滩裤的丹尼尔从自己宿舍走出，手里还端着热腾腾的日式泡面正往嘴里送。房间半开着，房里传出丹尼尔舍友的呼噜声。

"这是夜宵？"

"嗯，没吃饱，加餐。"

这吃夜宵的形象让丹尼尔接上了地气，可一放下泡面，又马上高冷了起来。

丹尼尔将自己的大背包拖了一半出走廊，开始倒腾起来。

我一看，好机会，终于可以见识到机器猫口袋里到底有什么宝贝了。

丹尼尔见我凑上前来盯着他包里的器材看得分外仔细，干脆给我讲解起来：

"这一块放的是GoPro的相关配件，一般参加潜水团的时候都带着；这一个是云台，将单反相机放上去，可以前后摇动但始终水平平衡；这一组是替换镜头，拉远景的时候我会换；这些是小三角架，起各种固定作用；这个是带滤镜镜头的手机壳，套在iPhone上拍出来的相片效果堪比单反；这些是我的外出日常用品，汗巾、防晒霜、墨镜、太阳帽……"

每讲解一样，丹尼尔就相应地拿起该器材，在手里拨弄几下，丹尼尔讲话的时候全程不看我，完全沉浸在自己的世界里，仿佛自言自语，对自己的宝贝如数家珍，显然是痴人一个。

"全部4000美元，有一些是直接在eBay上淘的二手货。"

丹尼尔只是初级摄像师，4000美元相当于丹尼尔两个月的工资了啊。

外冷内热，这才是丹尼尔。

人无癖，不可与之深交，概无深情也。

一个人能将自己的精力、时间、金钱都投入自己的爱好中，那是真爱呀。

拍摄婚礼的时候，丹尼尔会站在甲板栏杆边缘，栏杆外可是茫茫大海，丹尼尔探出半个身子到栏杆以外，一手举着摄像机另一只手扶着栏杆边的柱子，只为了完成自己眼中的完美构图和景别，要是一不小心，手滑了，后果无法想象。

人们关注颜值，但更肯定能力，更认同情感。

如果丹尼尔收到游客的感谢卡，里面的话总会是："丹尼尔是一位非常专业的摄像师。"

舍友合同结束离开时，丹尼尔亲自制作了离别DVD将每个人的祝福刻录在光盘中。团队的DVD业绩达到指标，他会主动买巧克力给大家分享。他还在业余时间制作搞笑视频，将每个人的口头禅进行鬼畜式地回放，在他走后，这个视频成了我们团队最好的回忆，一直保留在备份存盘中。

可惜，如此完美的丹尼尔却只在邮轮工作了一个合同而已，因为延长合同的提议没有得到总部同意，也因为丹尼尔不再想与自己的女朋友分开太久。结束邮轮工作的丹尼尔在自己的家乡南非找到了一份电视台的工作，过起了稳定的朝九晚五的生活。

PART II

任何一个职业都有面子也都有里子，如果丹尼尔让我看到了邮轮摄像师的面子，那么马修就是里子。

马修，出生在美国波士顿，雀斑，黄发，比起丹尼尔着实苍老多了，年龄上比丹尼尔大了整整一个中学加一个大学。

巴拿马航季，马修和丹尼尔搭档，马修是高级摄像师，比起丹尼尔，马修要做的更多。

正装晚宴夜，丹尼尔只需要定点在中庭广场拍摄香槟酒塔，而马修却要在全船来回走动拍摄各种活动。丹尼尔是辅助，马修却要掌控全局。

摄影师们的排班表是由部门经理制订的，一切按班表来就行，但摄像师们却是自己给自己做时间规划。这意味着，摄像师们的个人时间可以是他们的私人休闲时间，也可以全部是他们的工作时间。

"耶！明天穿越巴拿马运河，只要工作6个小时哎！"

"凭什么！为什么你们摄影师那么轻松？"

当我拿着班表正开心时，耳边却是马修的抱怨。

"不是吧，你们哪有我们忙，你们不都是空闲时间？"

"哪里有！"

马修将手机竖着举到我面前，我一看马修手机里的日程表，马修给自己制订的班表上竟然是满满当当的17个小时！而且一个星期7天的班表除了登船日，竟没有一天少于15小时！

以穿越巴拿马运河为例：上午5:30起床，6:30随引航员出邮轮，7:00等船只进巴拿马运河，一直拍摄直到下午2:00，下午6:30从科隆回船进行编辑剪辑到晚上11:30，期间还要处理各种总部传来的文件，对上个航程的销售和拍摄情况进行反馈。

真正让我感受到摄像师艰难的是在进入阿拉斯加航线以后。丹尼尔因为合同到期离开了，替换丹尼尔的新人却迟迟未到。阿拉斯加航线只有7天，对比巴拿马10天的长航程，三个港口两个正装晚宴的拍摄强度不可谓不高。

马修在阿拉斯加进入了连轴转的模式，跟着游客参团固然高兴，但当它变成工作，同一个团走上20遍的时候，再有意思的体验项目也会变得索然无味。上午参团刚回来，马上进入邮轮活动的拍摄，然后剪辑，中途连吃饭的时间都没有；又或者，拍完冰川，紧接着就是正装晚宴，在香槟塔只能站30分钟，马上又要赶去拍摄邮轮婚礼。

还有七七八八的琐事，比如打印宣传单进行房间投递，设计DVD盒的封面，参与邮轮电视台节目早安秀的录制，打扫工作室，清点DVD产品的库存……如果遇到特色纪录片放映，马修就要自己布置展台准备小型宣讲会。

当天拍摄的短片，当晚要剪辑完毕，将数据导入影像长廊的大屏幕，使路过的游客都能看见，而摄影师们就可以根据新素材来推荐乘客预订了。最忙碌的是航程结束前的第二晚，马修要将素材整合，刻录近百张碟片，而在阿拉斯加航季，这倒数第二晚偏偏还是个正装晚宴。

第二天，马修黑着眼圈出现在了影像长廊，手里一捧刻录完毕的DVD，身上却还穿着昨晚正装晚宴的西服。

显然，又是一夜未眠。

可偏偏团队里还没有人能帮助马修。

没有美国工作签证的外籍人士不能在美国领土上工作。因为这条法律，外出拍摄的任务只有马修自己能完成。

摄影师是一个团队，少则六七人，多则二十几人，大家虽有分工，却也可以互相帮助。可邮轮摄像师，每条船就只有一个人或者两个人。

孤军奋战，是邮轮摄像师最艰难之处。

压力大了，就需要放松。马修每晚工作结束都不忘去员工酒吧喝酒解压，马修每个月的员工账单就是个酒水账单，终于熬不住了，便在酒吧里宿醉。

精神状态没了，工作就开始频频出错，顾此失彼。

忘记替换最新的剪辑片段，播出了过季的宣传片花，错过了拍摄任务的时间……直到连续三个航程没有达到DVD的单项销售指标。

除了马修的疲惫，当然还有DVD产品自身固有的问题。

这时代还有多少人有DVD播放机？不知有多少顾客希望将播放文件制作成U盘，可因为版权、经费等原因，公主邮轮迟迟没有对DVD产品做出创新性的改变。又加之刚好遇到阿拉斯加换季，天气忽雨忽晴，经典景点冰河湾一直被大雾笼罩。但是，经理只会关心冰冷的销售数字。

终于，新经理拉比萨开始召开团队会议，讨论如何可以提高DVD产品的销量。

"我知道你很忙，可是别的邮轮上，摄像师也只有一个，也都是一个人负责所有的事情，可是他们能达到销售指标，你为什么不能？！你知道高层对阿拉斯加的航线寄予厚望……"

马修还没来得及开口，显而易见的辩解理由就被拉比萨一棍子打回肚子里。

说是团队讨论，可是一半时间都在批评和指责马修的失职。

不过，随着新摄像师的到来，情况终于开始好转了，两个人分工毕竟好过于一个人单扛。

DVD销售业绩开始上升，经理也就没了异议。

抛却工作压力的马修是一个活宝，和冰块脸的丹尼尔不同，马修的面部表情极其丰富。开心就是开心，眉目舒展；惊讶就是惊讶，眼眶会瞪得比平时两倍大，眼珠恨不得突出来；愤怒就是愤怒，整个头颈往前一缩，皱眉，嘴里发出一个夸张的"what"的口型，用力地摊手。情绪化得很明显。

活宝马修极好相处。

马修曾经在中国上海工作过三年，居住于田子坊一带，交往过中国女生，走过中国28个省。也正因为这一份中国缘，使得马修与我经常聊起关于中国和中国话的话题。

马修说自己粗通中国话，但在我眼里，绝对只是粗，根本没有通。也就只能反复地说那几句简单的问候语，不过马修的语感不错，我和父母通话，偶尔爆出几句家乡话，他路过听到，立马兴奋地冲我说："上海话！"

马修时不时地会缠着我教他中文，自己是一个懒学生，却抱怨我不是一个好老师。

"Song，welcome to photo & vedio gallery to pre-order your DVD，用中文怎么说？"

"欢迎到影像长廊来提前预订DVD。"

"啊？说慢点，1234第几声？"

一边跟着我念，一边将声调用英文发音模仿记录下来。念了两遍，结果一摊手："算了，算了，太长了，太长了。"

在影像长廊闲来无事的时候，马修喜欢给经过的帅哥美女打分。我无比笃定地坚信马修的这个癖好是在中国养成的。

"Song，看那边一个女生，7分，怎么样？"

我一看，脸蛋不怎么样，但身材绝对好，凹凸有致，还浓妆艳抹，原来马修喜欢风韵型的。

打分这事，容易传染，结果我和马修两个人就把所有认识的同事都一一打分了一遍，最后一致肯定还是丹尼尔的颜值分最高。

除了打分，马修还喜欢打赌，自顾自的那种。

"Song，看经过的那对夫妇，5美金，我赌他们是中国人。"

"不一定吧，也可能是马来西亚或者新加坡的华裔。"

我不过随口一说，马修却来了兴致，尾随那对夫妇进入附近的免税店，仔细听他们对话，然后像个挖到了宝贝的小孩子一样跑过来跟我说："Song，5美金哦，我看到掏出护照了，绝对是中国人！"

……

就这样，他跟我赌过年龄，赌过动漫人物，赌过游戏，赌过各种奇奇怪怪的东西。

我从来没有应承过他的赌局，他却在自己设定的赌局里自嗨。

直到我合同结束，他粗一算账，说我已经欠他75美金了，一脸严肃，真让我哭笑不得。当然，这笔赌金，我肯定是拒绝支付的。

我按照合同的规定时间离开的时候，马修却接到了延长合同的通知，延长整整两个月！这是摄像师的又一个痛点，因为摄像师人少，摄像师的招聘又有很高的要求，一旦期间有摄像师离职，人力资源马上就出现缺口。所以一到旺季，根本没有多余的人手，只会不够。为了填补缺口，在岗摄像师的合同就会被延长或者被转船，这艘船三个月，又被调到另一艘船三个月，和同事的磨合期刚过，马上就又换了新环境。

抱怨也没有用，邮轮上的员工从不说不。

马修说过邮轮上的工作绝对不可能是自己的终身职业，但至少现在，马修还是很享受邮轮上的生活。

结束邮轮的工作，马修开始了长长的休假，去美国看了父亲，又去泰国看了母亲，最后到达菲律宾，把想走的岛屿都走了一遍，整整待了两个月。

然后，新的合同又开始了……

⚓ 颜值和心地成正比

"你好，我叫埃德加。"

"埃德加，埃德加，埃德加。"我一连念了三遍。

"嗯嗯，对的。"埃德加边说边笑了出来，是很温柔的笑。

他是"90后"，有着如阳光般帅气的笑容，永远将胡须刮得干净的下颌，近看是让女生都羡慕的光滑细腻的皮肤，还有着紧实的肌肉，颀长身材，南非国籍英伦后裔，举手投足之间一派绅士作风，还透露出一丝贵族之气。

大多数人都会感叹外表的美好，但维持外表美好的是惊人的自律。

健身，在埃德加的日程表中雷打不动。每天工作完，埃德加都会回宿舍换衣服，前往游客健身房锻炼一个小时。埃德加的作息时间，应该是整个团队里除了我之外，最有规律的人了，工作和生活两不耽误。

和埃德加的第一个共同话题是关于一个中国女生——艾玛。

"Song，你抽烟吗？"

"我不抽烟，不喝酒，不去员工酒吧，只喝温开水，过着非常健康的生活。"

"哇，不可思议，我之前认识一个很酷的中国女孩，她会抽烟。"

"艾玛？"我脱口而出，因为那时在我仅有的邮轮朋友圈内，也就只有艾玛一个爱抽烟的中国女生。

"你认识艾玛！"埃德加兴奋起来。

"认识呀，我们上个合同还一起合作过，她是白金影像摄影师。"

"对，对，我之前的合同都和她一起。"

看着埃德加一脸比开曼群岛的艳阳还灿烂的笑容，我以女生特有的敏感发问："你喜欢艾玛？"

埃德加笑了笑，却又否认了："不，只是好朋友，不过我和艾玛很有缘分，我之前的两个合同都遇到了她，我们合同的时间总是很接近，所以经常遇到。"

"可是她已经结婚了，她给我们看过她穿婚纱的照片。"

"不可能！她没有！我上个合同休假时还在社交平台上和她互动呢！每天都聊天，聊她假期里每天做的事情。"

"她结婚了，我很肯定。"

"不，她没有！"

"我见过她戴戒指。"

"但是她很有魅力啊，不会的，她一定没结婚。"

……

接下来的15分钟是琼瑶式的循环。我极力肯定，他极力否定。我心想：

还说不喜欢艾玛，要不喜欢，又怎么会那么纠结她结没结婚这件事？

"我今晚就社交平台留言问她，她肯定不会结婚的。"

15分钟的争论在这句话后结束。当然，不久之后，艾玛和瓦伦丁的恋情和相关的狗血故事就曝光了，埃德加再也没有和我提起艾玛。

我们的第二个共同话题是关于一个菲律宾男生——加雷斯。

某个正装晚宴结束的夜晚，照例，大家聚集到实验室评点照片，洗机器，完成实验室的各项打扫和清理工作。

我负责拖地，埋头拖地的我无意中将拖把的一缕布条扫过了加雷斯的皮鞋。

"Song，你不会说excuse me吗？！"

嗓音之大，惊到了在场的所有人，也许这鞋子对他很重要吧，不过我当时真没有注意到。

"你怎么能这么粗鲁呢！"

身旁传来一声呵斥，是埃德加。

加雷斯沉默了一下，示意我可以去把垃圾倒了，我拖着又大又沉的垃圾袋和埃德加一起走出实验室，一出实验室，埃德加就轻轻一笑，一手拽过垃圾袋。

"我来拿吧。"

"谢谢。"

"加雷斯怎么能这么粗鲁呢，不仅刚才，白天在影像长廊的时候也是，经常大声呵斥人。"

"对，我讨厌他，他是我在整个团队里最讨厌的人。"

"啊？你也讨厌他，没想到，我一直以为你们之前一个合同一起工作过，还都是亚洲人，关系比较好呢。"

"才没有，他在上一个合同就是这样的，我都已经习惯了。"

"不能习惯，这不是好事，下次再遇到，一定要向经理反映，其实我私下里都反映过好多次了。我们是一个团队，要像家人一样相互帮助友爱，他这样无礼呵斥是不对的。哈哈，我觉得真高兴，Song，没想到你也讨厌他，他那个性格，你就知道我每天有多难受了。"

那时，埃德加和加雷斯是舍友，天使与魔鬼同住一个屋檐下。

埃德加评价加雷斯的时候就像个情绪化的小女生，而我们也迅速因为对同一个人的好恶而形成了同盟。

我们的第三个话题是一座城市——爱丁堡。

某日，工作间隙，我和埃德加有一搭没一搭地聊到了我们曾经去过的地方。

"我大概已经到过四十多个国家了，欧洲基本都去过，然后上个合同又去了……"

"真棒，我好羡慕你啊，Song，南非的出境管理很严格，机票特别贵，去国外旅行的成本非常高。可以到处旅游，这也是很多南非人来邮轮工作的原因，我们就去迪拜和泰国比较容易，其他地方都很不方便也不便宜。"

"这样啊，我给你看看我去过的地方的照片。"说完，我掏出手机，翻开历史相册，一张张地翻给他看，和他讲这些照片的拍摄地和它们背后的故事。

"我也给你看看我的照片。"

说完，他把我领进了他的宿舍。他床铺边的墙壁上贴满了照片。

"她叫爱丽丝，是我上个合同遇到的好朋友……"

埃德加滔滔不绝地开始和我讲述每一张照片里的人以及他们之间的故事。

眼尖的我发现有一张照片与众不同，因为只有这张照片里只有单纯的景物，没有人像。照片里是一座城堡，立于一座小山高台之上，俯拍的角度让城堡看起来更庄严。

"爱丁堡。"

我们几乎异口同声地说出了它的名字。

埃德加笑了起来："爱丁堡是我最喜欢的城市，我觉得它应该是世界上最浪漫的城市之一了，我在爱丁堡还有过一段奇遇。"

"我也一样，爱丁堡是我最喜欢的城市，我也偶遇了一个好朋友，一起结伴游玩，那时，我在爱丁堡待了整整一个星期呢！"

埃德加突然收了笑容，一脸严肃。

"其实，我做完下一个合同，很可能就移民去英国了，我的祖辈就是英国人。"

"那很好呀，就去爱丁堡定居，以后我去英国旅游，你可以招待我。"

"嗯，一言为定，你不管来南非还是英国，我都会招待你的，你那么可爱，我想我妈妈和姐姐也一定很喜欢你。"

后来，每每回忆起这段对话，都忍不住笑，像极了两小无猜式的约定。

邮轮在北美航线运行时，每一个航程总能遇到几户中国家庭或者会说中文的华裔。异国相见分外亲密。

阿拉斯加航线的第一个航程，我遇到了一位热爱邮轮的秦女士，还带着正准备去美国留学的女儿和她的父母。经过影像长廊的时候，他们见到了中国面孔的我。

"你是中国人吗？"

"是呀。"

"呀，能见到中国人实在太好了。"

话闸一打开，居然就聊了近两个半小时，从邮轮体验到目的地旅游攻略，再聊到异国留学生活的种种优缺点，聊得双方都有些得意忘形了，一直聊到我下午班次结束，嗓子都变干涩了。

告别秦女士一家，一回头，埃德加一脸灿烂笑容地看着我。

"Song，你在聊什么？看起来好像很有趣，不过我听不懂中文。"

"也没什么，就是邮轮体验，留学生活，目的地介绍之类的。"

"Song，你知道吗？你刚才用中文聊天的时候和你平时用英语说话完全是两个人。非常自信，也很放得开，你的肢体语言和眼神跟平时完全不一样，而且刚才你说的时候全程都在笑。"

"是吗？我都没注意，那你呢？你用母语说话的时候一定也更加自信吧？"

"唔，并没有，我自己还是说英语比较有自信，即使和同南非国家的朋友聊天，我也都用英语的。Song，我喜欢说中文时候的你。"

被埃德加的温柔注视弄得有些不知所措了。埃德加总能发现身边人的优点，这是他正能量的部分。他的能量不是激烈昂扬的，而是温柔和缓的。

收到过埃德加的鼓励也收到过埃德加的安慰。

在公主邮轮的第二个合同，我申请转职成为邮轮摄像师，可是部门改革，高层动荡，管理层有意无意地卡人以及自身相关工作经验的缺乏，哪怕我递交的作品质量已经超过了摄影师职位的要求，最后的回复依然是无限期地等待。

这个世界上的很多事情不是你努力了、尽力了，就能得到应有的回报的，邮轮上的工作也不例外。

终于，在听到邮轮摄像师另有安排后的那个夜晚，崩溃的情绪说来就来。影像长廊里的我无心工作，直接躲到柜台后的房间内，趴在桌子上大哭起来。

哭泣的时候，人总是高度沉浸在自己的情绪世界里。

不知何时，肩膀上多了一双有力的手臂，耳边是熟悉的声音：

"Song，你怎么了，出什么事了，要不要跟我说说。"

是埃德加。

我摇摇头，继续沉溺在自己的悲伤情绪里。

"嗯，好吧，如果你想说，随时可以告诉我。"

说完，埃德加还轻轻拍拍我的肩膀以示安慰。

埃德加就是如此，对身边每一个人温柔以待。埃德加在邮轮上有固定的朋友圈，除了工作伙伴，还有免税店的朋友、画廊的朋友和娱乐部的朋友们，他们总是一起健身，一起旅行，一起吃饭。

对船员如此，对乘客更是如此。埃德加尤其受到中老年夫妇的喜爱，每个航程都可以收获高质量的白金影像订单。曾经有一对夫妇，在给埃德加的感谢卡上将EDGAR的英文名字拆开，E是excellent（杰出的），D是dynamic（有活力的），G是genuine（诚恳的），A是appropriate（合适的），R是respectful（恭敬礼貌的）。在每个单词后，还附带了埃德加帮助他们的具体事件。字迹小且密，占满了整张卡片，这张感谢卡也被伊旺誉为完美服务的典范。

乘客问埃德加买GoPro，埃德加总是会拆封，核对每一个零件，然后装入电池，开机，将每一个零件的使用，每一个步骤都详细讲解。

对于肖像照，埃德加总是将被拍摄者的人物的情感表达放在首位，埃德加的肖像姿势总是根据乘客们的实际情况进行调整，而高级摄影师通常会为了更多的拍摄数量放弃对姿势费时费力的校正。乘客都是有心人，他们能感受到谁是真正用心地在做一件事情，也使得埃德加的肖像背景照的队伍永远都是最长的。

埃德加是三级摄影师，这个级别的摄影师正处在初级摄影师向高级摄影师的过渡，而埃德加的工作表现早已超越了许多高级摄影师。伊旺也对他格外偏爱，每个月的全邮轮最佳员工提名也给了他。因为形象气质好，埃德加还担任GoPro大使，每个航程在邮轮的小教堂里都举行两场GoPro的宣讲会，宣讲会由埃德加全权负责。

身为GoPro大使，他的工作就比其他人有趣许多了，拿着GoPro去进行游泳池水下拍摄，又或者为公主邮轮吉祥物史丹利熊录影，而史丹利熊的扮演者一般都是我。穿在大大的吉祥物的衣服里，每次下台阶，他都会牵着我的熊手避免我摔倒，每次活动结束，我都还他一个大大的熊抱。但扮演者和拍摄者是轮流的，如果埃德加成了扮演者，他也会调皮一下，在熊头套里放上自己的手机，看起电影、听起歌来。

埃德加腿长，我常表扬他因为腿长，让我们节约了梯子。

如此完美的埃德加一定是个很有故事的人吧，我想。

某天，影像长廊中，我怯怯地漫步到他身边，问：

"告诉我一些你的故事呗。"

埃德加看了看我，嘴角一弯：

"哼，就不告诉你，我要告诉了你，肯定被你写进你的书里了吧。"

哎，一眼就被看穿。

可是，埃德加的秘密还是被我知道了，或者说，他的秘密从来不是秘密，只是后知后觉的我忽略了而已。

故事从一次白金影像的预订开始。

我正在影像长廊里观察合适的潜在的白金影像顾客，突然，后背被经理拉比萨戳了一下："Song，去，把那对男的订下来。"

我一看，一个男的一头灰白大卷发，颇有艺术家风范，另一个男的平头留胡须。

为什么要订他们，难道他们是？

我基本猜到了答案，经理发话了，当然照做，于是我鼓起勇气和这两位男性聊天，一番介绍后，结果真的如拉比萨所料，他们对白金影像很感兴趣，而且立即就做了预订。

对于我这个传统的、情感经历还一片空白的人而言，这一次的预订成功让我突然对"他们"的情感世界产生了奇妙的感觉。

我开始向团队里的摄影师们挨个询问，如何判断走在一起的两个同性别人是否仅是普通朋友。

我问加雷斯，加雷斯答："反正我不是。"

我问理查德，理查德说："你觉得我像吗？和我不一样的就都是了呗，哈哈。"

我问涂聂思，涂聂思说："我具体说不上来，但是主要看两个人之间的互动，爱人和朋友终究是不一样的。"

我问马修，马修说："你为什么不去问埃德加？"

埃德加？为什么问埃德加！但是对语言敏感的我已经隐约猜到了背后所指。

于是，我就去问了埃德加。

埃德加笑了，还是那么灿烂的笑容。

"知道啊，'她们'我不清楚，但是'他们'还是比较好区分的，比如他们会有女性化的装扮和动作，有一些比较难看出来，但大多会把自己打理得整洁干净，不像加雷斯和路易斯他们那样的。"

埃德加一边说完，一边摸摸自己光滑的下巴。

"你怎么知道的那么清楚，难道你就是！难道你真的是……"不知道为什么，突然之间，我的话语没有了丝毫底气。

"是啊，我是。你不知道？对了，为什么突然问我这个问题？"

我还是故作镇定地回答，但内心早已经翻江倒海。

怎么可能？怎么可能！为什么会是埃德加！

似乎团队里的所有摄影师都知道这件事，只有我，只有我不知道。

一些生活画面突然在脑海中闪回，在自助餐厅偶遇埃德加，他对面总是坐着同一个男生；这个男生每次经过影像长廊都会和埃德加打招呼；每次靠港旅行，埃德加更新的社交平台照片里也是这个男生，这个免税店的金发男生。

可我又快速自我否定起来，不对啊，埃德加不是也对艾玛有好感吗？

但眼见为实。

那天午休时分，我正在宿舍外上网码字，在同一条走廊上，只隔了一个房间的埃德加宿舍的门突然被打开了，是那个免税店男生！埃德加紧接着出来，穿着白色背心，裤子的皮带松着。埃德加与那位男生互相亲了亲脸颊，然后道别。

"嗨，Song。"埃德加看到了我，礼貌地向我打招呼。

我看见了什么，我相信了什么，可我什么都不知道，只觉得那一瞬间时间静止了，我整个人都是绷住的。

在得知埃德加秘密后的整一个航程内，我都有点闷闷不乐。

正装晚宴的夜晚，拍完照，马修开始整理器材。

"哎！"我长长地叹了一口气。

"怎么了？"马修问道。

"为什么那么帅气又优秀的埃德加喜欢'他'呢！这对女生来说太不公平了！"

马修哈哈大笑："你真的没看出来？！他很明显啊，我见到他的第一眼我就知道他是。"

听了这话，我只能露出一脸无奈。

"丹尼尔不会也是吧"

"丹尼尔是直男，我百分之百确定"看着马修一脸肯定，我出于女性角度，为广大女性同胞长吁了一口气。

但和埃德加的关系并没有因为知道他的秘密而有改变，我们依然一起聊天，一起说笑，一起怼加雷斯，一起聊邮轮上各种经理的糗事。

六月底，埃德加的合同也接近尾声。

当当当，循声望去，埃德加正在柜台捣鼓什么，原来是在弯一根回形针，也不知他是哪里来的兴致，把一枚曲别针完成了环状。

"Song，送给你。"像一枚戒指，我放在手里把玩，看着这做工极差的戒指，钢丝没有弯好，还有棱角，不过还挺好玩的。

被一旁的马修看见了，对埃德加说："这东西不能乱送吧，这简直就像一个承诺。"

"去你的！"埃德加回了一句。

"你要走了，你的他一定会很伤心吧？"我问埃德加。

"我们一个多月前就已经分手了，他觉得没感觉了，我也觉得没感觉了，就分了呗。"

"埃德加，你真的喜欢他吗？"

"真的呀，在我眼里，爱只和你爱的那个人有关，如果你爱的那个人是个好人，那就是好的爱。"

"埃德加，下个航程你就要离开了，我可以不可以要你胸前的名牌做个纪念。"

"当然可以，离开之后要经常保持联络哦，我也会一直在社交网络上关注你的。"

下班后，我给了埃德加一个告别的拥抱。

第二天一早，推开宿舍门，门口放着一个小布袋。

布袋里是那枚回形针做的戒指和埃德加的名牌。

⚓ 五级哥

　　在公主邮轮的摄影部里有一个尴尬的职位，那就是高级摄影师，俗称五级哥。

　　邮轮也是不养闲人的企业，等待五级哥的命运就只有两个：升迁或者辞退。

　　五级，是一个瓶颈，如果不能更进一步，很可能两三年都在这个职位上停留。可是升迁，何其难，管理层的职位一般都留给欧美人，而人数最多、工作最久的菲律宾人永远是第二选择，但是绝大多数菲律宾人不能失去这份养家糊口的工作，一直任劳任怨工作多年，这也是为什么有那么多五级菲律宾摄影师的原因。

　　在邮轮工作一年，前前后后遇到了6位五级哥，享受工作的迈克和有着职业亢奋的加雷斯都是少数，更多的五级哥都得了一种病——懒病，用专业术语来讲叫作职业倦怠。

PART I

　　如果一个人热爱他的工作，那么他一定在乎和这份工作有关的所有细节。

作为一个尽职的摄影师，不可能不对照片的质量吹毛求疵，而来自菲律宾的这位五级哥埃尔文却满不在乎。

以餐厅照为例，蜡烛是从来不移开的，桌子露出的一角永远是杯盘狼藉的，构图总是过于宽松，家人间的姿势是随意夸张的，这照片质量甚至不如刚入职的新摄影师。

拍肖像照更是以数量优先，从来不管质量。在最短的时间内进行最简单的姿势组合，千篇一律不说，也从不考虑被拍摄者的身材差异，让胳膊粗的女士叉腰，让有三层下巴的女士低头，让身高本就矮的女士坐下结果显得更矮。

但是，作为经验老到的五级哥，埃尔文自信数量对于经理而言远比质量重要。事实也确实如此，公主邮轮的摄影部一直信奉拍得越多，就能卖得越多，时间久了，拍照就成了一场数量竞赛。

而销售，埃尔文却从不懈怠，尤其是白金影像工作室的订单，埃尔文几乎每个航程都能拿到一个高质量的订单。也因此，埃尔文是实实在在地坐稳了五级哥的位置。

但懈怠的表现，大家看在眼里，更何况他还说着一口蹩脚的英语，做起事来笨拙木讷不懂变通，偶尔和其他摄影师们讲的也是只有他自己才懂的冷笑话。

PART Ⅱ

比起埃尔文，来自危地马拉的路易斯则要亲和许多。

来邮轮工作前，路易斯是一位厨师。路易斯有着黝黑的皮肤，挺着一个硕大的啤酒肚。这个啤酒肚总让我想起我的父亲，在征得路易斯的同意后，我有时会在他的啤酒肚上轻拍两下，而他也自然露出父亲般的憨笑。

除了啤酒肚，路易斯还以鼾声如雷闻名。自从他入职和马修成为舍友以后，马修就经常挂着两个大黑眼圈出现在众人眼前，每当问及缘由，马修一个余光飘向路易斯，大家也就心领神会。

"路易斯，你昨晚睡得好吗？"

"他当然睡得好了，但是和他一起睡的人就惨咯。"

路易斯做过最机智的一件事就是问前台借来行李推车搬运摄影器材。

每次正装晚宴，摄影师们都要搭设布景，在所有要用的物品中，我最不喜欢的就是铁质的伸缩凳子，铁凳子非常重，每次为铁凳子都要多跑好几趟。

某日正装晚宴结束，路易斯突然推着车出现在所有人面前，大家都眼前一亮。路易斯将两把凳子正反叠加放置在推车里，不仅他自己的，而是把所有摄影师，6个布景的12把凳子全部搬上了车，一次性推车运送到器材储备间，大大减少了摄影师们整理器材的时间。

路易斯曾经结婚并有一个可爱的女儿。可因为种种原因，路易斯的妻子出境至美国就再也没有了联系。

路易斯一个人在邮轮的工资要供养家里的女儿还有姐姐和父母，每个月一打进工资，路易斯就立马汇款回家。路易斯手机的屏幕壁纸都是女儿可爱的照片。

"我的女儿喜欢迪士尼的公主，我给她买了好多迪士尼的公主裙。"

"如果我当时做厨师没有辞职，估计拿的工资是现在的好多倍了，这份工作我已经厌倦了，可是我现在快50岁了，目前还不能失去这份工作，为了我的女儿。"

路易斯是个好爸爸，可在经理拉比萨眼中，却不是个称职的高级摄影师。

与埃尔文相反，路易斯偏偏在销售上懈怠了下来。自他入职以来，连续两个月，没有一个高质量的白金影像订单。这在以销售为王的管理模式下，尤其是新经理对销售极为看重下无疑是无法接受的。

对把照片拍得一塌糊涂的埃尔文，拉比萨尚且可以睁一只眼闭一只眼，而对于在销售上懈怠了的路易斯，拉比萨却给出了一个正式警告，并向公主邮轮总部提出路易斯已经不适合继续在邮轮工作，希望他签中止工作的合同。

当然，路易斯是不签的。

"我已经把你的情况报告给了总管理层，如果你的销售还没有起色的话，我们将不会再雇用你。"

直到我离开之前，路易斯的销售业绩依然在拉比萨的"密切关注"中。

PART Ⅲ

还有一种懒是慵懒，慵懒是一种生活态度，持有这种态度的人，就像那些生活在古诗词里的散人，来自印度尼西亚的巴岗就是这样一个散人。

巴岗浓眉圆眼，很酷。

同样是高级摄影师，巴岗对工作在乎但又不是那么在乎。巴岗身上带着印度尼西亚的暖风，性格温和平顺，分内的事情做得一丝不苟，无论拍照还是销售，经理要求了，他就努力多卖一些，经理抓得不严了，他也就开始偷点小懒。工作之外，就沉浸在自己的爱好世界里，研究各种新鲜的摄影器材，偶尔也会文艺一把，在宿舍外的走廊里和安吉罗一起即兴弹吉他。

"我不喜欢销售，如果我将来升职的话，也许会申请实验室经理吧，我更喜欢一个人摆弄机器。"

典型的技术宅。

如果乘客遇到相机产品的相关技术问题，我第一个想到的就是巴岗。

"你们帮我看看，这是我新买的可正反旋转屏幕的摄像机，但是现在无论我怎么转，图像都是反的。"

巴岗看了一下，关机开机各一次，仔细检查了菜单，便用一种很笃定的语气说道：

"这个我很难解释清楚，但是这种录像机，正反的屏幕内部有一个环形的像橡皮筋一样可旋转的传感器，我推测应该是这个传感器失灵了。"

一堆专业术语，直接从巴岗的口中蹦出。

和丹尼尔一样，巴岗是一个会在爱好上很投入的人。巴岗从来不储蓄，第一个合同见到他，他将一半的工资买了一台GoPro和一台大疆无人机；第二个合同见到他，他用了一半的工资在假期里买了最新款的索尼微单。

酷酷的男生都有一段"往事"。

巴岗小时候是个调皮的孩子，就是老师们眼中的"刺儿头"。

人很聪明，但偏学了坏。放学以后，就和兄弟哥儿们一起做他们眼中觉得很酷的事情，包括但不限于戳破自行车轮胎，去野地里踢足球，与地头上的"敌对势力"逞凶斗狠。有一次，对方打红了眼，抄起身边的啤酒瓶，向巴岗的头上砸去。

至今，巴岗的头皮上还留着那一次打架留下的疤。

打架之后，巴岗性格大变，从张扬外放变成了深沉内敛。

如此踏实又有点酷酷的男生很难不让女生喜欢。

"Song，你相信缘分吗？上一个合同结束，我的女朋友和我提出了分手，可这次休假回去，我又遇到了一个女孩，她说她爱我，她们明明是两个人，完全不同的灵魂，却有着相似的容貌以及完全相同的名字。"

巴岗开始储蓄了，攒老婆本。

巴岗结束后合同不久，社交平台上就传来了他订婚的消息并附图，非常低调，照片里是一双紧握的手。

从风华少年到安定且笃定地踏上平凡之路，这就是巴岗。

⚓ 那些菲律宾员工们

PART I

"For Philippine, my uniform is small."

"For Philippine, my studio is not safe."

"For Philippine, I cannot get my passport immediately."

"Philippine is everywhere, in every ship."

（因为菲律宾人，我的制服太小了。

因为菲律宾人，我的工作室不够安全。

因为菲律宾人，我不能及时拿到我的护照。

菲律宾人哪里都有，每条船都有。）

说这段话的是我遇到的第一位实验室经理，托马斯，波兰人，他的话隐含着偏见，却诉说着事实。

人口众多的东南亚国家一直是廉价劳动力的输出地。在中国航季的黄金公主号上，摄影部一半是中国员工，另一半就是菲律宾员工。

对邮轮而言，菲律宾人是一个庞大的群体，船里的员工50%以上来自菲律宾，在邮轮上工作你不可能不和菲律宾人打交道。

在邮轮工作中，遇到过许多菲律宾同事，有的懒惰，有的确实令人厌恶，但更多的则是兢兢业业的工作者，其中也不乏让我觉得有趣且刮目相看的人。

菲律宾员工的工作目的简单直接，就是为了赚美金。

"同样的工作如果在菲律宾，我只能每个月拿到约1200人民币！" 我的同事鲍勃告诉我。

鲍勃，1米6不到的个子，是员工中看起来最小的一位，当然，那是在费尔马到来之前。

初见鲍勃，便被他的童颜所惊到，让我一度怀疑公主邮轮招募了童工。

"我今年已经30岁了。"鲍勃说话声音也尖尖的，像没开嗓前的男孩，即使拿出护照，依然让人半信半疑。

但他一投入工作，就能看出他的成熟，全身心投入，乐到自然嗨。

工作的时候永远挂着职业性的微笑，哪怕在语言不通的中国航季。

但语言障碍毕竟是障碍，在继早上好、你好和阿拉伯数字的中文发音之后，他学会的中国话便是——team budong——听不懂。

听不懂便听不懂吧，也挡不了他工作的热情。

尤其是订白金影像订单的时候，鲍勃一手拿着白金影像工作室的介绍单，只要看见有人经过就上去问候推荐，激情时，会将乘客引至观景窗，右脚踩到窗沿上，右手手肘顺势搁在右腿的膝盖上，一顿鸡同鸭讲配合肢体语言以及对介绍单上的中文指指点点以后，终于拿到了一个订单。

不过质量可想而知，语言不通便不能深入准确地沟通，鲍勃订单的乘客要么不出现，要么在了解了真实情况后便决定不拍了，鲍勃还因此一度被怀疑是为了完成指标任务而预订。

也许鲍勃自己也发现了这项弱点，便向史都华申请帮助费尔马工作，成为了实验室经理的助理。在费尔马与璇相恋后，鲍勃便成为了那个每个正装晚宴后要忙到凌晨四点才休息的人。

虽然语言不通，但也有运气好的时候。在某一航季，来了一批泰国客人，出手阔绰，鲍勃也顺势拿了一个大订单，获得了那次航程中付费餐厅两人免费用餐的奖励。而我正好也有一次免费双人餐没有使用。鲍勃请了费尔马，我请了安吉罗，四个人共同聚餐了一次。

席间，鲍勃向我们展示了他手机里与妻子婚礼时的照片。那是菲律宾的传统婚礼，鲍勃和妻子满脸幸福，他们坐在草席上，周围的人向他们扫花瓣，草席前是一大盘新鲜瓜果。

好男人都疼老婆，怕老婆，鲍勃也不例外。他每晚都和妻子视频聊天，所有的网络流量信息费都花在了视频通话上。鲍勃的妻子还是个醋坛子，鲍勃的社交平台上每一个异性朋友都会被严格审查，要是有异性在新鲜事下留言，那更不得了，鲍勃当晚一定非要将事件的来龙去脉解释个清清楚楚不可。

从婚礼的照片看到夫妻的合影再到一家人的全家福。

"咦？你有两个女儿呀？"安吉罗问。

"不，这个梳辫子的是我领养的。"

我心里暗自感佩。鲍勃在邮轮工作，他的妻子是家庭主妇，在家养孩子，绝大多数的菲律宾邮轮员工的家庭情况都是如此。没想到，鲍勃在养一家人的同时还如此善心地领养了一个女孩。

离开黄金公主号以后，我又在加拿大偶遇过鲍勃一次。那天，珊瑚公主号和星辰公主号同一天停靠在温哥华。两船的员工便开始了串门，正当我拍登船照的间隙，鲍勃突然出现，一个big surprise，接着便在乘客登船的间隙一起快速合影留念。那时的鲍勃已经是正式的实验室经理了。

PART Ⅱ

和鲍勃相似的还有理查德，一样的妻管严，一样的一个人的工资养全家。每个月赚来的美金一文不剩，全数交到老婆手里。是的，一文不剩，连买洗衣粉的钱都是找舍友先垫付的，能有多少钱留给自己花，全看老婆心情。

彼时26岁的我还没有谈过一场恋爱，同龄的他已经是5个孩子的爸爸了，还都是亲生的，其中与前女友的女儿由前女友抚养。

"休假在家的时候，我最喜欢做的事情就是逗我的孩子开心，和他们玩在一起，尤其是三四岁的小孩子。"

小孩子多又喜欢小孩子的理查德也自有一颗童心。长着一张圆脸，笑起来眯眯眼，眼角还带着笑纹。这也让他为人处世的风格偏向一出喜剧。

在公主邮轮上，如果员工的服务让乘客记忆深刻，乘客会在下船前为这名员工写上感谢卡，这些感谢卡会被回收，在下一个航程的正装晚宴团队例会时，由经理发给对应的员工。我收到的评价大多都是微笑、善良、可爱和耐心，理查德的评价基本都是风趣幽默，滑稽有趣。

理查德的有趣源于他的模仿。在影像长廊，他会模仿员工的说话神态。他会模仿丹尼尔的低音炮，故意压低嗓音，竟然让人分不出是原声还是模仿。

阿拉斯加航季，拍港口纪念照，员工要穿上卡通人偶的服装，那基本就成了理查德的主场。

扮成老鹰的时候，他会张开翅膀跑来跑去；扮成驼鹿的时候，他会用自己的"两只爪子"去戳乘客的衣服；扮成木匠工人的时候，他会把自己的小斧头道具送到小朋友的手里哄他们开心。不管扮演成什么，他都会保持说话的状态，还会根据乘客的国籍切换问候语，这是他多年工作积攒下的本领。遇到西班牙客人就"HOLA"；遇到中国客人就"来来来，一起拍照，一起拍照嘛"，那声音，听得就像在挠你痒痒。

"有理查德这样的员工是贵公司的珍宝，他的风趣幽默为我们的航程增添了许多乐趣，另外，他的中文说得非常标准——来自A306客房。"

当经理念出这段评语时，整个团队的目光不是望着理查德，而是齐刷刷地看向了当时团队中唯一的中国人——我。

鲍勃和理查德是菲律宾员工的大多数代表，任劳任怨，努力赚钱。

有多少人愿意接受这样一份工作：在一个空气不怎么流通的环境里，一坐一整天，没有网络，没有任何娱乐设施，工作内容是清点衣服。估计大多数人会在三天里疯掉，可是这样的工作，一个菲律宾人可以干11年！

也许是工作动力的简单直接，菲律宾人是邮轮工作中最能吃苦的人，国际邮轮上大部分底层的职位诸如清洁和客房服务人员都是菲律宾人。

"比起公主邮轮，歌诗达邮轮的员工生活更加艰难，他们有时需要每天工作16个小时，每个月只能拿到600美元，而且还要自己支付来回机票，因为他们不是被邮轮公司雇佣的而是被中介雇佣的，这样的条件也只有菲律宾人能忍受。"

即使对菲律宾人有偏见的托马斯也不得不承认菲律宾员工的吃苦耐劳。

除此之外，菲律宾员工的职业化程度也很高。摄影部员工之间会互相学习，互相看片。同级别不同国家的摄影师中，菲律宾摄影师的出片效果总能达到公司要求。不仅如此，他们还会更多同级别员工不会的技术，比如修理摄影配件和器材、高阶图像处理等。

我在菲律宾员工身上也看到了工匠精神，不过支撑他们工匠精神的原因并不是一种浓厚的人文情怀，而是简单赤裸裸的：

"Because you are paid for it."

是啊，因为公司付了钱让你来工作。

这是你的工作，你就要把它做好！

菲律宾人的专业是高度职业化的结果，但能做到这一点，也足够让人尊敬和钦佩了。

⚓ 白金影像

PART I

"有booking吗？"

"什么，booking是什么东西？"

和我说话的是一位与我年龄相仿的男生，但看起来颇为成熟。穿着黑色衬衫，衬衫上打了一个黑色领结，领结上还有一个金属质地小礼帽和小烟斗挂饰，黑色丝质长裤，黑色皮鞋，头发又黑又亮，像刚焗过油一般，还喷了啫喱，头发一簇簇，条状的跟结了霜似的硬。一身黑的装束与其他摄影师们的海蓝色制服完全不同，眼珠圆溜，下巴一点小胡须，椭圆的大脸盘，腆着个小肚子，一看就是享受惯了邮轮的生活，神态从容，说话像半个领导。

那是我入职的第二天，以职场新人特有的敏锐感到眼前这个人的不一般。

"你需要订booking，白金影像工作室的booking！"

随后，他带着我去了影像长廊中一处布置精美的展台。黑色丝绒台布铺的长方桌子上，放着不同尺寸的黑白艺术照，成品照片的质地不是普通相纸，而且一块特殊材质的板，还附带麂皮相册，精装的盒子，一束玫瑰花作为点缀。

白金影像工作室，这是我第一次听到这个产品的名字，可我当时并没有想到，之后一年，在公主邮轮工作中遇到的奖励和惩罚、赞扬和批评、喜悦与不快，一多半都和它有关。

其实后来我了解到，在别的邮轮公司里，也有类似的摄影工作室，拍摄黑白或其他风格的照片，作为邮轮摄影部提供的一项高端品质服务。

白金影像工作室，创始人是来自美国的乔·克莱格，因为他已经到花甲之龄，故而也被摄影师们亲切地称为老乔。老乔与公主邮轮合作，白金影像工作室就成了公主邮轮摄影部的一部分。白金影像的照片，直观来看就是全黑白写真，但是注重人物表情的瞬间捕捉，尤其人物之间的情感捕捉，特别是被拍摄者眼睛里的自然光彩。

情感，是白金影像的核心。

那时的我是一个摄影小白，只是从最单纯直接的审美角度去看，就已经被深深吸引。情侣间相互对望时眼睛里的神情，老夫老妻间时光沉淀后的相互凝视，孩子天然纯净的喜怒哀乐，还有四代同堂的全家福，白金的照片，每一张都能读出其背后深厚的情感。

白金影像是不讲究构图的，在光影的变换下抓住人物瞬间迸发的情感，简单的黑白两色也让人物情绪成了聚焦点。

而在每一艘公主邮轮上负责白金影像工作室拍摄和产品运营的人就是白金摄影师，如果摄影部是一个公司，那白金摄影师就相当于下属的一个独立部门经理。每一艘公主邮轮上都有一个白金影像工作室以及一位白金摄影师。白金摄影师的制服要求就是一身黑，与黑白影像相对应。每一个白金摄影师都是从普通摄影师升职而来。通常，在邮轮工作的第二个合同就可以申请转职，通过后，被送往美国乔·克莱格的住处进行专业培训。之后，前往各个邮轮，合同长短与普通摄影师一致。职责与邮轮摄像师类似，所有关于白金影像的一切都由白金摄影师一人负责，包括展台布置、宣讲会、工作室的维护、照片的拍摄和后期处理以及最后的销售。每一笔销售，白金摄影师都可以拿到提成，加上较高的基础工资，对于那些喜欢拍照却不喜欢升级管理层，但又想多赚钱的邮轮摄影师，是个不错的选择。

有销售就有业绩指标，每个航程，白金影像也有自己独立的销售指标。而普通摄影师要做的就是帮助白金摄影师去拿到数量多且质量高的订单。

星烨，那个让我踊跃签订单，最初带我介绍白金产品的人就是我遇到的第一位白金摄影师。

星烨是中国人。2016年，公主邮轮拓展中国市场，白金摄影师的职位也开始向中国员工开放，星烨就是其中一位成功通过选拔的摄影师。当时所在的黄金公主号正处于中国航季，公主邮轮公司自然也顺理成章地派星烨来到黄金公主号。

订单，说起来容易，实行起来一万个难。

我欣赏白金影像的照片艺术，可要将它推荐给乘客。作为一个销售者，我的内心第一反应却是拒绝的。

首先，黑白。并不符合中国人的审美口味，因为黑白两色通常与死亡相关，文化带来的相关联想根深蒂固，很难从人们脑海中抹去。其次，价格。在中国航季，一张正装晚宴的照片是10美金，也就是60多元人民币，这个价位已经让中国乘客咋舌不已，人们早已经习惯了手机自拍或者用自己更高端的单反相机拍摄，拍摄的时间、地点、数量都没有了限制。说实话，照片获得的成本之低让影像在人们心中的价值早已不再那么重要。而白金影像的照片是150美金单张起，也就是将近1000元人民币。1000元人民币，在中国，人们已经可以在一个影楼拍一整套艺术写真了，而在白金影像工作室，却只能买一张，还是最小的8cm×10cm尺寸的照片。

白金影像的特色遇到中国航季显得有些尴尬，而作为销售者的我也一度失去了推荐的信心和耐心。可与之相比，更恼人的是来自经理的巨大压力。

虽然照片形式与中国文化不太相称，但总有喜欢它的人。照片单价之高，也意味着，一旦有高质量的订单成功，就可能是单笔1000、2000、3000元甚至过万美元的收入。

两三个高质量的订单就可以达到白金影像工作室的航程销售指标了，如果有五六个，那么该航程整个部门的销售总指标也极有可能突破。白金影像的指标没达到，总指标基本没戏；白金影像达标，总指标有望一搏。所有的经理都深知这一点，也几乎所有的经理都会在白金影像的订单数量上向摄影师们施压，至少平均每个航程要有两个有质量的订单。

一个航程没有订单，没什么关系；两个航程没有，经理就开始暗示；三个航程没有，例会上就直接点名了。

虽然极不情愿，但工作要求，摄影师们还是得硬着头皮去完成自己的工作职责。

将白金影像粗粗归纳为黑白、情感和品质三个主要特点后，基本就能清楚地向乘客介绍了。随着尝试次数增多，表述也越来越流畅起来。如果有乘客听完表述以后，觉得可以尝试，便可以在计算机上记录下该乘客的房间号以及个人基本信息，拍摄时间半个小时，每一个订单都要记录上推荐摄影师的姓名，这样便完成了一个订单的预订。

随着熟练度的增加，数量很快上去了，但质量就……乘客永远会上演销售者想象不到的戏码。

到了约定的时间不出现是家常便饭，契约精神是什么？不存在的；更怪诞离奇的是有乘客到了白金影像工作室却要求拍摄彩色照片的；还有耳背的，明明说清楚了是150美元一张起，可到了付款的时候，却坚持说150美金是拍一整套……这样的订单都不算有质量的订单。而这样的订单在中国航季尤为普遍。所以，每个摄影师都要努力在一个航程中订到3个以上订单才有可能保证有1个是有质量的，至于最后能卖出去多少，就看白金摄影师的功力了。

为了摄影师更好地推荐白金产品，每一位摄影师都会被邀请到白金影像工作室，由白金摄影师亲自拍摄一组照片作为体验。

体验的那天是我第一次走进白金影像工作室。

工作室位于邮轮的15楼，分为两个部分。一走进的房间是白金摄影师办公的地方，皮质的大沙发，玻璃矮桌，毛绒垫子，墙壁四周都是白金工作室不同尺寸的样品，一张木桌，一把转椅，一台苹果台式机，天花板还有一台用于看片的投影仪，正对面则是投影幕布。

里间便是白金摄影棚。四周墙壁都用黑色大幕布遮盖，顶上有两盏硕大的摄影灯，根据实际拍摄情况选择是否开启，而稳定的光线来源是一面被白色遮光罩包裹的光墙，另一边是一块被支撑起来的长方形的巨大反光板，地板上放着高低大小不一的圆柱形小凳子。另外，还有一面镜子和一张黑色大木桌，桌上放着红酒、玻璃杯和饼干糖果等小点心，这些想来都是为客人准备，增加体验气氛用的。

"那我们开始了。"

星烨开始打开音响，是一首舒缓的轻音乐。

我的情绪很快从最初的好奇拘谨变得松弛下来。

"来邮轮一个月了，还适应吗？"

"嗯嗯，差不多都适应了。"

星烨开始摆弄他的照相机，一边开始和我聊起家常来。

"昨天去长崎玩了吗？去了什么景点，有什么特别好玩的？"

"去了中国城，还有眼镜桥……"

我开始沉浸在自己昨天的旅行回忆中。星烨不会打断我的回忆，在我回忆的时刻，他早已按下了好几次快门，只是偶尔他会提示我道："Song，来看我手势这边。"或者让我换一个方向坐。

我所有的表情和手势都随着我的回忆叙述而随意改变着，星烨则在我前方移动着，微笑地倾听，同时不停地按着他的快门。

"嗯，结束了。"

不知不觉，半个小时的体验时间竟然就结束了。

星烨给我看他拍下的照片。

很震撼。

当照片只有黑白两色，所有的注意力便集中在了人物的面部表情上，而又以眼神最为突出，那一面光墙和反光板正好给被拍摄者的眼睛里投射进了一束光。

有了在白金影像工作室的亲身体验，叙述白金影像的特色变得更加容易，而在反复的实践中，我也开始聪明地偷懒起来，也就是挑人。与其费口舌劝说每一位客人，不如只挑那些对白金影像有兴趣的顾客。

如果有乘客在白金影像的布置展台前逗留超过10秒，眼神不离开样品，显然是对白金影像的风格产生了兴趣，这时候我再上前与他们交谈，详细诉说白金影像的特色，如果能完整听完我说的特色并认可，十有八九是动心，最后我再说价格，如果对方能接受，就会立即预订，而且这样的订单基本都是高质量的订单。

白金拍的是情感，时间久了，我的目标客户也就基本定位在了一起出行的家庭，庆祝结婚纪念日的老夫老妻以及带着10岁以下孩子的年轻夫妇等。

少而精，挑人准，也成了星烨对我的评价。

每个航程，拿到数量多且质量高的白金订单的摄影师将会获得在邮轮收费特色餐厅两人免费用餐的特权，整个中国航季两个月，我拿到了5次免费用餐福利。数量最高的一次有5个订单，5600美元的收入，而那一个航程，白金的指标也不过是6000美元。

星烨奉我为他的财神。

财神不敢当，但白金影像师的邮轮生活是让我羡慕的，至少星烨给了我最初的错觉。

白金影像师是整个摄影部的门面担当，类似于形象大使。星烨除了完成日常白金影像工作室的业务，还经常被邀请进行公主邮轮早安秀的录制，作为常驻出镜嘉宾。他也会被邀请到中庭广场参加活动抽奖或者演讲。高曝光率也让白金影像师成为了邮轮上的明星人物之一。同时，白金影像也承包了邮轮员工们的职业宣传照。也因此，星烨经常会接触各个部门的经理以及邮轮内高级管理层的职员。权力不大不小，但知名度有可能比部门经理还大那么点儿。

星烨自己也是享受其中，靠港的日子，只要不是IPM或是有特殊任务安排，基本都是全时段在外游玩。工作期间还谈了个在酒吧工作的肤白貌美的长腿女朋友，发展速度极快，一个合同结束，两人直接谈婚论嫁了。

PART Ⅱ

当黄金公主号从天津进入中国台湾，开始以基隆为母港的航季后，星烨的合同也随之结束，来替代他的是另一个中国女孩——艾玛。

艾玛身材苗条纤细，一头乌黑秀发长至腰际，直直的，很有垂坠感，杏仁大眼，红唇皓齿，笑容很有感染力，是一位美女。

艾玛和我说的第一句话是："你要出去吗？出去的话，帮我买一包烟，牌子是摩尔，它有很多种颜色的包装，我要绿色的。"话语间还透露出一丝当仁不让的气势。这个气势也延续到工作中。

和星烨相比，艾玛简直是个工作狂。

新航季的节奏比之前快了一倍。三四天没有海上日的航程安排让推荐白金影像更加困难。为了让乘客更多地了解白金影像工作室。艾玛开始动用各种营销策略。艾玛自己编写好邀请信函，让印刷部印刷完毕后，一封封亲自折叠好放进白色信封里，向所有的套房、家庭旅行者以及有特殊纪念日旅行者所在的房间投递。此外，她每天还会在影像长廊里观察普通的纪念照和晚宴照，如果看到有潜力的乘客，她会将白金影像的宣传卡片放在他们照片的背后。不拍照的时间，她也会待在影像长廊，亲自向来往乘客热情地推荐介绍。

努力肯定能见到成果，艾玛的销售业绩也有目共睹。基本每笔销售额都有上千的收入，相比于星烨450、600美元就已经满足的单笔业绩而言，2000、3000美元的单笔销售对艾玛来讲才是刚刚好。

钱不是最重要的，艾玛是全身心地投入并热爱她的职位与工作。

拍照时，她会在摄影棚里脱掉鞋子，让自己完全进入最放松的状态。

她对自己的产品更是有绝对的自信。

"你们不要因为白金影像照片的价格高，就不好意思向客人推荐，你们要相信我，白金影像就是一种体验服务，只要你们把客人送上来，不管是家庭也好，情侣也好，我保证，我能在摄影棚给他们最好的体验。之前有一位乘客在进摄影棚的时候一直说不会付钱不看好，可结果他和他的家人在我的摄影棚里跳起舞来。"

虽然艾玛的造钱能力一流，但在中国台湾三天的短航程让高业绩持续却很困难。

三天，还没有海上日，意味着乘客们刚熟悉了邮轮上的设施就要下船了，又何谈去享受需要"慢"才能体会的白金影像呢。

于是，我的挑人风格遇到了瓶颈，也出现了连续两个航程都拿不到一个订单的现象。而另一个中国男生亚东成了新的白金财神。

与我刚好相反，亚东在订白金影像上有一种阿甘精神。亚东会向每一个他经手的乘客推荐白金影像工作室，每一个！

有些乘客一看就知道不会对白金影像工作室感兴趣，可亚东不管这些，无论客人向他买什么或询问什么，他总是不忘提及白金影像，就像一个被安装了强行推荐程序的机器人。这样的做法虽然有点傻，但这样的执着却让我很敬佩，亚东也成了唯一一个每个航程都有白金影像订单的摄影师。

PART Ⅲ

当我工作到第二个合同时，我竟然和白金摄影师成了舍友。

涂聂思，一个来自南非的女孩。肤白，微胖，厚唇，白金色短发。

涂聂思很善于打理自己。

每天早晚洗澡两次，每个正装夜晚之前都要加洗一次，让自己精神饱满，然后精心打扮一番，化妆品、卷发棒和香水瓶占据了半张桌子。

这样的善于打理也延续到工作中，艾玛在工作上所做的努力，涂聂思都做。不仅如此，和白金影像有关的所有展示品都是涂聂思亲自布置的。

第二个合同所在的巴拿马运河航线是10天的长航程。每次航程开始，涂聂思就会在展示桌上放上一束鲜艳的玫瑰花，可花期不长，通常第四天花朵就蔫了。涂聂思就会摘下所有玫瑰花的花瓣，将它们平铺在被黑丝绒绸布覆盖的桌面上，每天调整一些，每天都给人不一样的感觉。

宣传样片更是亲自挑选打印。涂聂思在自己拍摄过的家庭中选出美国、马来西亚、巴西和印度的，分成四组，放在影像长廊的照片架上。

"看，每种肤色都有，是不是显得我很国际化？"

努力抵不过压力。

和涂聂思做舍友的日子里，宿舍的电话总是不断的，接起来，99%是找涂聂思，有来自部门经理的，有来自前台客服的，还有来自涂聂思男友的越洋电话。

当邮轮从巴拿马运河进入阿拉斯加航季，找涂聂思的电话更是有演变成夺命连环call的趋势。

"砰！"又一次，话筒被重重地挂断。

"怎么了？"我小心翼翼地问道。

涂聂思脸色一沉。

"是伊旺，刚结束和总部的电话会议，总部说我们在白金影像项目上的表现不好。"

"不好？可我们上个航程是超过了总部门定的业绩指标的呀。"

"对，但其他同在阿拉斯加的船做得比我们更好，而且我们前两个航程都没有达到销售业绩，总部的负责人就已经有了微词，这次我们是达到了，但他们觉得6月中旬已经进入了阿拉斯加的旺季，他们心目中的业绩应该是规定销售额的2~3倍，他们觉得很多潜在的顾客还没有被我们挖掘出来。"

说完，涂聂思用左手托住额头，情绪明显低落，最后叹了口气。

领导者对于财富永远是不满足的，更何况，阿拉斯加航线是公主邮轮的旗舰航线，整个公司的高层都对阿拉斯加航季充满期待，这种期待最后就落在了所有一线销售部门的肩上。对于销售部门，白金影像工作室这种来快钱的产品自然是被紧盯的对象。

为了将利益最大化，总部特别安排了白金产品的总负责人乔·克莱格和他的团队驻扎在阿拉斯加朱诺，对所有在阿拉斯加航线运营的船只进行白金产品的培训。

终于，在为这个老头赚了那么多钱后，我见到了这位创始人。

乔·克莱格，他的头发已经花白，真人比宣传片上的还要发福些，胖乎乎的，行动有些迟缓，也许因为连日的培训，那一天他看上去极为疲劳。

老乔带来的团队除了他自己，还有负责产品推广宣传的他的儿子以及负责财务预算的一位女助手。白金摄影工作室最初就是由克莱格的家庭小作坊开始的。

毕竟上了年纪，老乔说话的速度很慢，他慢慢地述说着他如何创立工作室，如何让家庭在拍摄中度过快乐的时光，听乔的絮叨，时间仿佛被拉伸了，只感受到一种深不见底的漫长。

老乔说话的时候，一双眼睛却会极为有神地打量着在座的每一个人。

"多年以后，我也许会忘记我拍摄过的人的名字，但是如果他把相片给我看，当我看到他的眼睛，我就能回想起他的眼神，以及他所讲的故事。在我的记忆中，每一个拍摄者都拥有独一无二的眼神，我能记住每一个人的眼神，包括现在的你们。"

培训的重点部分其实就是乔·克莱格亲自为摄影们拍摄白金影像。

一听到由创始人亲自操刀，大家都倍感兴奋。

正式拍摄体验开始，整个摄影棚里只有老乔和摄影师团队。老乔打开轻音乐，说话声音的慢速仿佛带上了一种魔力，他逐一邀请在座出席的摄影师，一边缓慢地和摄影师们交流，了解每一个人的性格和经历，一边按下快门。

"Perfect！"

老乔一跺脚，右手握拳一挥，左手托着相机，侧身过来，将相机屏幕里的预览影像逐一展示给在座的每一位摄影师看。

小小的摄影棚里坐着整整一个团队，10个人，可是没有人发出声音，大家都静静地欣赏大师级的表演。

轮到我了。

"我要给这个中国女孩拍一组酷酷的照片。"

老乔让我坐下，手臂放在桌面上，头枕在手臂上，而他则取斜上方角度进行拍摄。

照例，将照片的预览景象给在座的摄影师看，只听得一阵"哇"。虽然我自己没有看到成片，但根据同事们的反应也大致可以猜出成片效果一定是大师心目中的"酷"了。

接下来，老乔让同事路易斯坐到靠近光墙的一个小凳子上。

"来，看着他。"

这一看不要紧，一想到平时习惯了拿路易斯的啤酒肚开玩笑，我忍不住大笑了起来。这一笑，老乔的快门也就根本停不下来了。

此时的路易斯充当的是白金摄影过程中的"第三人"。摄影师在拍摄夫妻单人照片时，有时会让其中一位坐到光墙一角，让另一人朝他或她望去，深情对望时，夫妻自然相视而笑，这也是为什么微笑的单人照片卖得很火。

因为被拍摄者知道，他在照片中所展现的笑容是因为他看见了他所爱的人。

所有摄影师体验完毕，老乔更是亲自操刀为整个团队拍了一张全家福。

这一个半小时被影像拉长的时光中，每个人都似乎回归到了自然恬淡的状态，成员之间的情感更亲密了。

重建情感连接，这就是白金影像的真正魅力。

⚓ 如果你也想去邮轮工作

以公主邮轮（Princess Cruises）为例

适合邮轮工作的人

1.身体素质过硬，不会经常晕船

一切工作都要以身体健康为基础，更何况在邮轮这样封闭的，又要冒风浪的环境中工作呢？身体素质是重中之重，尤其要包括两点：

①不会晕船或者不那么会晕船。晕船和个人体质有关。邮轮很大很平稳，但即使再平稳，当行驶到公海区域以及风浪大的海域时还是会有明显颠簸，如果这样的颠簸不会带来明显的身体不良反应，那么就基本可以适应邮轮的环境了。

②没有传染病，也不能是传染病携带者。因为邮轮在海上航行时，相当于一个全封闭的环境，如果有一个员工携带传染病上船，后果很严重。所以每一位员工登船前必须要进行体检，还有必要打好规定疫苗。

2.英语日常交流无障碍，会小语种的更好

全球航海的通用语是英语，所以邮轮上的官方语言就是英语。员工们的工作语言和日常交流全部是英语，要想在邮轮顺利工作，要保证至少有大学英语四级的英语水平。如果会小语种就更好了，对于申请欧美航线会有利，比如去南美最好会说西班牙语，地中海航线最好能说一些法语和意大利语。

3.口味不刁钻，能接受四方食物

邮轮上的工作环境是国际化的，员工来自世界各地，因此员工饮食供应也涵盖了世界风味。拥有典型的中国胃的朋友可能就要吃点苦头了。

4.性格开朗，心性平和，爱冒险，喜欢交朋友

性格内向的人不太适合在邮轮上工作，由于邮轮航行时大多数时间在海上，内向的朋友们会很快感到无法排遣的孤独。如果不能很好地调节自己的心态和生活，可能会情绪低落甚至崩溃。同时，由于邮轮工作合同通常一签就是至少半年，如果是特别顾家和恋家的人也不适合在邮轮工作，因为工作一次，就半年见不到爱人和朋友。最后，邮轮员工来自世界各地，自然会有不同的文化背景，要善于沟通，避免冲突，保护自己。

5.网购控与时尚达人慎入

虽然在邮轮工作能同时环游世界，但它毕竟是工作，邮轮员工要穿统一的制服，不能戴首饰，不能化浓妆。特别爱打扮的妹子可能会觉得乏味。

6.自律自觉的人

海乘和空乘一样，是高度职业化的工作。有着一套严格的规章制度，工作的时候必须要严格遵守。吸烟纹身都是严格被控制的，个人生活禁忌也有明确规定，一旦违反，立即开除。

如果以上条件都符合的话，那么，恭喜，邮轮工作，你值得尝试。

邮轮工作前期准备

前期投入：时间，至少半年

　　　　　费用，看中介，几千到几万不等

第一步：寻找靠谱中介

海乘工作离不开中介牵线搭桥。国际海乘属于劳务外派性质，美国的各大邮轮公司都是指定国内的机构代为招人——也就是中介，国内申请者很难向邮轮公司直接申请。中介要找靠谱的，可事先在网上进行搜索调查和对比，好的中介服务周到，态度好。

第二步：前往海事局注册，完成体检

从2015年3月1日开始，全国海事局开放个人注册登记海员，如果你所在的城市有海事局（海事局不是每个城市都有的，通常有航运需求的城市均有开设），就可以前往登记个人信息，并且到指定医院完成体检。这一步此前也都是由中介代办的，现在可以个人申请审理，既省钱又方便。

第三步：选好职位，准备问题，前往面试

各大国际邮轮公司基本上每个月或每季度都有一次面试。每次面试，中介都会发布相关岗位信息，信息出来后，选择适合自己的岗位，然后和中介沟通，中介会先进行一个简单的面试前的咨询和培训，准备好相关问题。在指定时间前往指定地点即可。一般都在上海、青岛、厦门、北京和济南等城市的五星级酒店的会议厅里。

第四步：面试

面试官是邮轮公司的人力资源管理培训师，过程为全英文。一般职位10分钟左右就完成，大概就问三四个问题，专业职位会久一些。面试是否通过，很快会出结果，有些职位还需要二面，二面有可能是视频形式，也有些公司一面就是视频面试，具体时间中介都会通知，和中介保持沟通即可。

第五步：参加海事培训

和其他工作不同，海乘面试完并不是直接就工作，完成面试，漫漫长征路才开始。接下来是最重要也是时间最久的海事培训，因为到船上工作必须要获得海员证，而要换得海员证必须要通过海事培训。有海事局的城市通常也有挂钩的学校进行培训，自己到指定学校报名，需要培训基本安全、安保意识和国际海员英语三门课程，并通过考核。从培训到考试大约需要整整一个半月的时间（如果你十分确定一定要去邮轮工作，海事培训也可以在面试前就完成）。

第六步：领取服务簿和海员证

考核通过后，前往海事局领取服务簿，一般需要10个工作日，也可以加急，1个工作日就能领取，然后换海员证，固定时间7个工作日。有了海员证，就可以扫描给中介，中介会发给邮轮公司，邮轮公司收到后，就会正式把申请者列为后备员工了。

第七步：办理美国海员C1/D签证，挪威海员体检，办理红皮书和黄皮书

当邮轮公司发出雇佣信后，申请者拿着信便可以去美国大使馆办理海员C1/D签证，这是所有国际海员必须持有的签证。同时，按照中介的信息，到指定城市的医院进行挪威海员体检。挪威海员体检是国际海员的通用体检。除此之外，还要按要求到当地的出入境检验检疫局注射相关疫苗，领取黄皮书（国际疫苗接种证）和红皮书（国际出入境旅行健康证明书）。

第八步：领取正式合同

在办理完美国C1D签证后，邮轮公司就会发正式合同了，会有具体的航线和船期。通常最后的上船时间和办理美国签证的日子刚好间隔一个月，拿到签证后就准备好各种相关用品，期间还会收到由邮轮公司发来的邮件，按照指示完成相关的职业测试、心理测试、英语测试和专业测试。

准备邮轮工作最需要的是耐心。因为整个流程时间跨度比较长，在面试的时候虽然每一场有近百人，但半年后最后能上船的可能就只有十几个人，各个环节都有可能出现问题而卡掉一部分人。耐心很重要。

入职培训（Orientation Training）

和所有的职业一样，海乘也需要进行入职培训。正式的入职培训都是海乘登船以后开始的。

不同邮轮公司的培训期不同，大多为半个月或者1个月，培训期结束后一般自动转正。培训期间，有新人光环，无论犯什么错都能被原谅。如果对邮轮和工作有什么问题，一定要及时问自己的经理和同事，大家都会热情帮忙，但如果不问而导致犯错，错误后果就要自己承担。

培训分为两部分。第一部分与邮轮有关，包括邮轮了解、福利介绍、消防安全知识等。一般培训项目会分散在整个培训期，如果第二天有培训，经理会在第二天的日程表中标注出来，按照时间到指定地点参与培训活动即可。

第二部分与职业有关，通常会由员工的直属经理进行培训，了解工作基本内容、工作环境等，比较简单。

还有一种培训是可以由海乘根据自己需要申请的。以公主邮轮为例，在邮轮上，开设有员工学习培训部，最受海乘欢迎的项目是语言学习，西班牙语、法语、德语都有基础和进阶课程，可以报名参加，无须费用。如果报名了，俱乐部的负责人会通知部门经理，经理会根据报名课程调整排班表。但是报名了就要完成课程还有相应的考核。其他培训项目还有舞蹈、健身等。中国航季的时候，汉语课程就非常热门，中国航季结束，感觉全船员工都会说"谢谢，你好"了。

安全演习（Drill）

邮轮本质上是一个交通工具，和飞机、汽车等所有的交通工具一样，最重要的就是安全。在邮轮，每个入职的员工都会拿到一张蓝卡，上面写着代号，标明了发生应急情况时应该去的位置以及需要执行的任务，用船舶专业的术语来讲就是应变部署表。

在邮轮上，耳提面命的总是"安全"二字，为了防止出现意外事故，除了每次登船时的乘客演习外，员工们也有着不间断的演习任务。

全员演习（crew drill），平均一个月2～3次，一般选一个靠港的日子，到指定时间时，总服务台会发出演习指示。这时候，所有船员拿上自己的救生衣和帽子，到自己所在的指定的紧急集合地点集合。签到，火灾逃生示范，如何自救和救人等，一遍遍地过，防止船员忘记。

全员演习的时候非常热闹，穿着救生服的员工们会瞬间挤满整个DECK7（邮轮第7层通常是放置救生服和救生艇筏的地方，所有紧急集合点一般都在7楼）。大家按照驾驶台的指示，从一个地点跑到另一个地点，有时候演习结束还会要求聚集在一起观看安全指导视频。

除了全员演习之外，还有特殊情况演习，比如乘客落水、船舱进水演习和灭火演习等。特殊情况演习只针对个别相关部门的人员。所以在邮轮工作的时候，可能突然喇叭就会响起（"exercise, exercise, man overboard"）这样的语句，接着就会看到一群工作人员穿着救生衣从甲板走过。

演习是常态，乘客不必感到奇怪，出行安全第一，多演习也多熟练，毕竟谁都不愿意出现事故。

合同（Contract）

关于合同，在邮轮上，不同职位的工作时间长度也不同，客房和餐饮部的服务员的合同可以长达9个月。摄影师一般是6个月。一个合同结束后，会有2个月左右的休假，休假期间没有薪水，但这两个月是完完全全可以由自己支配的自由时间。在假期快结束的时候，公司会向员工的个人邮箱发送下一个合同的信息，如果想继续工作，就直接接下合同，如果不想做了，就直接回复不再复职即可。

既然工作是合同制，违反合同，就要付出代价。在合同未完成之前离开，员工要自行负担回国的机票费用。对于嘉年华邮轮旗下的船只，如果申请的是离职（quit）而不是离开（sign off），那么该名员工在一年之内将不能再被公司录用。

合同期内，该合同可能会被延长，延长可以自己主动提出，如果申请通过可以继续工作，一般会延长两个航程，有些延长则是公司主动提出，如果后续人员交接不到位，会要求个别员工延长工作时间，不过这种情况一般也就几天或几个航程而已。

着装等级（Dress code）

邮轮每天都有着装等级的提示。不仅乘客有着装等级，连员工也必须按每天的日程改变服装。

乘客着装等级大致可以分为四种：

第一种，正装（formal/black tie）

每一个航程一定会有一晚需要穿着正装服（formal night）。女士要穿晚礼服，男士要穿西装，戴黑色领结。如果航程中没有sea day（海上巡航日），则正装日就在登船的那个晚上，如果有sea day，那么正装日就是第一个sea day的晚上，如果是超过7天的航程，则可能还会有两个正装夜晚，也就说，基本上平均每星期一次。中国目前的航程大体是不超过一个星期的，所以正装夜晚也就通常在第一个sea day（海上巡航日）的夜晚。

第二种，套装（smart/suit）

女士一般是上下分开的套装，以裙子为主，男士则以长裤长袖为主，重在得体。这种着装在短航程中比较少见，而主要在长线航程中非formal night的sea day夜晚。

第三种，休闲服（casual）

休闲服，一般在port day（停靠港口日）穿着。是个比较人性化的设定，乘客在港口停靠时一般都是下船游玩的，自然是穿得宽松舒适为主啦。

第四种，特殊主题

这个一般也出现在长航线邮轮中，为了丰富游客们的sea day，比如航程中有万圣节，邮轮会要求乘客化妆出席，如果遇到圣诞节还会要求穿着带有红绿颜色的服装（因为圣诞老人红绿是主色调）。邮轮上的活动会随着邮轮本身所属国，以及旅行所在航线的变化而变动。

对于员工而言，工作制服也是要分不同场合穿的。

以公主邮轮摄影师为例。

白天，员工们要统一穿着蓝色的polo衬衫，黑色厚长裤，全黑色的鞋子（有任何其他颜色的图案和花纹都不行，必须全黑）。

夜晚，一般在5点半以后，所有员工都必须换成淡蓝色的长袖衬衫，黑色薄长裤，依然是全黑色的鞋子。

如果是正装夜晚，员工需要加穿一件黑色背心。

员工名牌和邮轮标签统一佩戴在左胸位置。

在邮轮上工作，每天都要根据不同的场合和时间更换制服。

IPM

IPM是In-Port Manning的缩写。维护船舶的安全是每一个船员的责任，所以即使不在工作时段，每个部门也要留几个人待在船上以防船舶在港口时发生不可预知的各种意外，如火灾等。而轮到IPM的员工在那天到港时就不能离开船舶，并且要随身携带应急任务卡，如果一旦出现险情，对应编码的人员就要速度赶往指定地点就位。

作为员工，并不是每次都能下港游玩的。不是工作的时间段，在邮轮上的工作大多属于轮班制度，在到港的时候总有一部分员工留守在本部门继续完成规定的任务，而另一部分员工则可以自由支配自己的时间。

等级制度（Hierarchy）

所有传统而古老的行业都会建立起严格的等级制度来保护行业的稳定性和秩序，邮轮也不例外。等级贯穿邮轮，是邮轮生活的基础。

在邮轮上，工作人员分为三个级别，第一级长官（officer），通常穿白色衣服，有专属办公室，一般是船上的管理者，有专门的船员为其服务。第二级职员（staff），摄影师，免税店员，荷官和娱乐部的员工都属于这个级别。最低级船员（crew），人数最多，通常为客房服务员、餐厅服务员以及清洁工，从事最繁重任务的体力劳动者。

对于摄影部的员工来说，要听从摄影部门经理，而摄影部门经理听从酒店部经理HGM（Hotel General Manager）。酒店部经理归船长管理。在邮轮上，最高指挥官是船长，船长以下有甲板部、轮机部和酒店部，甲板部和轮机部是负责船舶驾驶和维护的，而直接与客人产生服务联系的都属于酒店部。

除此之外，每艘邮轮上都有一位人力资源经理，员工有各种关于工作有关的问题，如果部门经理解决不了，就可以找人力资源经理。遇到歧视、性骚扰、受部门经理非法压迫，想要申请换船或者换航线、换部门都可以通过人力资源经理协调解决。

这还是职位的等级制度，显性的。隐性的等级就有点带有歧视的味道了，同工不同酬。道理很简单，在某些邮轮上，欧美人和亚洲人同样一份工作，但是拿的薪水不同，干的活轻重也不同，升职概率不同。

印度人和菲律宾人由于工作久，人数多，会形成自己的小团体，他们的职位大多是crew，休息时间少，干得又是最累、最脏的活，工资最少。不过，菲律宾人可以一干10年，因为美金的诱惑和不对等的汇率，一个菲律宾人在船上干活，能养活在菲律宾的一家人。

每一个部门内，岗位也有等级。比如邮轮摄影师就又可以细分为初级和高级，再往上就是经理助理，然后经理。所有的新员工都从初级开始，初级员工非常辛苦，除了自己的本职工作外，还要完成许多跑腿的任务，比如倒垃圾，擦橱窗，送小票等。

邮轮工资（Salary）

邮轮上的基本工资构成是底薪+提成/小费，销售岗位以提成为主，客房和餐厅服务人员的小费则是一笔很可观的数目，甚至可能超过底薪。具体数字因岗位不同而不同，底薪区间从每月600～2500美元不等，每半年一个合同，每一个合同结束后都能申请升级，升级成功后，基本底薪会有一定数目的增加。

没有税收，不扣五险。邮轮上获得的所有收入都是实际收入，没有任何税收项目，自然也不会扣除五险一金。

邮轮不会拖欠员工的工资，甚至可以说是算得分毫不差，完成一个月工作的员工，工资直接打到员工的工资卡上，工资卡是在员工入职后办理的，若未完成一个月的工作量，那么工资会在员工离开当天，按天数进行结算，以现金形式支付。

日常一切基本开销为零，到邮轮工作后，员工的一切基本衣食住行都免费。

衣：入职后就发工作制服，自己的休闲衣服也只是在下港游玩的时候换一下，而且用洗衣机和烘干机也是免费的。

食：24小时自助餐，沙拉，主食，甜点和饮料24小时供应，当然如果在员工俱乐部购买零食，就要额外算钱。

住：按职位级别对应人数，同性别一间房间，自带卫生间，很像学生宿舍，当然也免费。

行：邮轮都带着你走了，还想其他交通做什么？

日常打卡（ILO）

ILO是国际劳工组织International Labor Organization的缩写。

在邮轮上工作的员工因为属于劳务性质，所以在管理上，员工们的待遇必须要遵循ILO的规定，其中很重要的一条就是每日工作时长不超过14个小时。公主邮轮的合同是13个小时上限。

在邮轮上，有专门为员工准备的ILO机器，员工需要在登录后，根据自己当日的排班表完成工作的小时数的统计，类似于上班打卡。ILO机器会自动计算员工的工作时数，如果时数超过13小时或者两个连续的休息时段过长，就会自动显示出警告标志。如果经理将时间安排得太满或者太少，经理将被出示违反劳工法的警告，而员工如果不及时做ILO超过两天，经理和员工也会被出示警告。

通信设备（Page）

邮轮上的网络通过卫星传输，这使得邮轮上的网络通信又贵又慢，因此邮轮上的内线电话系统是员工们交流的最好选择。

page，在邮轮上不仅是电话号码簿的意思，也可以做动词，表示打电话"Could you please page…"

在邮轮上，职位较高的人会有专属的寻呼机，类似于20世纪80年代风行的BP机，高级别的经理和长官还会有专属的工作手机。当有事找他们时，就用邮轮上的任意一台电话拨打page号码，然后他们就会用最近的电话回话了。

至于智能手机，公海区域没有信号，无线连接又贵又慢，工作时也不允许带手机，会被处罚。如果在工作时段用手机会记为警告。

编码制度（Number）

在邮轮上，每一个房间以及每一件公共设施上都有属于自己的独一无二的号码，比如4521、15230、7621等。

邮轮很大，但却不妨碍对各个事物的精确定位，这得益于邮轮有一套科学的系统编码制度。

和地球一样，邮轮有自己的经纬线，经线就是楼层（deck）数，纬线是区域(zone)数。同时，左舷双数，右舷单数。

举例来说，假设邮轮总共为17层，整个邮轮从纵向又被划分了6个区域。这样一来，所有邮轮上的物品都有了属于自己的坐标。假设7621是一部公用电话上编码，这就意味着这部电话位于这艘邮轮的7层，6区，右舷，第21部电话。同理，房间号11214意味着这个房间位于邮轮第11层，2区，左舷的第14间。

有了这套编码制度，在邮轮上生活工作就不会迷路，也能很方便地定位各个房间和公用设施。

员工警告（Warning）

员工在邮轮上犯错会被进行警告处分。

以公主邮轮为例，一次犯错就会得到一次warning，三次warning以后就直接回家。

不过员工也不需要太过担心，因为不是什么严重的事情是不会有warning的。严重的事情一般是护照签证或者员工出入境证件丢失，或是工作上的严重失误，比如旷工，严重影响客户服务和酒店正常运作等。当然还有一些更严肃的情况是零容忍的，比如吸毒、性骚扰、超时未归或是严重影响了船舶的航行和正常运作的事情。

船员办公室（Crew office）

crew office，位置在邮轮船中，布置得像一个窗口服务台，相当于船员们的总务处，有什么问题都可以找crew office。crew office的主要职能有：安排员工入职离职，发放和收集相关证件，换汇，办理银行卡业务，房间卡消磁遗失以及所有你能想到的船员的问题都可以询问或找crew office解决。

正因为承担了如此大的职能，crew office的门前总是排着长长的队伍，但神奇的是，在公主邮轮上，如此重要的crew office 傲娇得每次只开两个小时，分上下午，有时候连两个小时都不到，乘客上下船的日子居然还是crew office的休息日，完全保持了西方人按时工作、按时休息的态度。下午六点就准时下班，即使窗外还排着十几个人的长队，长官也只会说"明天再来"。在邮轮上的每个员工上班时间都是按照日程表来的，而crew office的开门时间基本都是员工在工作的时间，如果有事情找crew office 都要提前安排好，要不然只能和部门经理请假了。

寝室检查（Crew rounds）

在船上的生活，有时就像回到了学生时代，就连房间也要定期检查，这种检查被称为crew rounds。

一般是半个月左右一次，每一次房间检查都会提前一天在crew office的窗前贴出告示牌。

和学校的寝室检查一样，在crew rounds这一天，船员们要打扫干净自己的房间和卫生间，不能凌乱。唯一特别的要求是在铺整齐的床上要放上救生衣、防护帽以及应急手册。

一般而言，负责检查的人员会在指定时段进入各个房间检查，主要是排查一下房间里有没有安全隐患，如果房间整洁，一切设备正常，就会在对应的房间号旁边打上对勾，然后便离开了，整个过程不过几分钟而已。

当然，运气好的话，也会碰上船长亲自来检查。我曾经遇到过新船长上任后的第一次的全船寝室检查，那时我正好在房间里看书，检查员和船长一起来，检查员看到我，严肃地质问："难道不知道在检查时不能待在房间吗？"（那时还真不知道，一般说来，检查的时候，船员是不能在自己房间的，不然就要给警告了。）结果船长马上微笑着说："没关系"。因为船长在，这次检查严格多了，检查员把各个角落都检查了一遍，当然最后还是一切OK。

crew rounds，也是邮轮上很重要的一项日常活动，每次有crew rounds，部门经理都会将它写进当天的日程表里，而且检查完的结果还会反馈给部门经理，所以船员们平时就要养成爱干净的生活习惯。

停港休整（Dry dock）

邮轮运营全年无休。上一批游客们在上午离船，下一批游客当天下午就登船。

当然，邮轮也有休息的时候。dry dock就是指邮轮不运营，只停靠港口，没有游客在船的情况。

此时，邮轮通常会处在转航线或转季阶段，由于整体维修清洁、商业买卖或者新船下海等原因暂停运营。停靠港口的时间短则一天，长则数月。停港休整期间，全船的邮轮员工依然在船上，只是工作职能会因为休整的原因而发生改变，比如，新船下海的休整，员工就需要做部门布置；维修的休整，就需要各部门员工清洁清点部门里的一切物品。当然，休整期间，员工们的休息时间变长了，而且工资照常。

红色级别（Red level）

在了解红色级别red level之前，先要了解两个词汇virus（病毒）和sanitization（卫生处理）。

邮轮在海上航行时其实是一个封闭空间，而封闭空间最害怕的就是火灾和疾病，因为一旦火灾和传染性疾病爆发，会迅速蔓延整一条船。所以防止火灾和疾病一直是邮轮工作者的重中之重。这也是为什么这次新冠病毒会对邮轮产业造成如此大的冲击的原因。

在国外航线，最常见的疾病就有Norovirus(诺如病毒)，一种强传染性的肠道疾病病毒。通常邮轮乘客在下港游玩时候，吃了当地不干净的食物，出现了腹泻、头痛和呕吐等症状时就会被诊断为得了这种肠道传染病（这样的诊断有些武断，但是国外医生在邮轮上对待疾病是宁可错杀一万不可放过一个的强硬态度）。

一旦出现这种症状的乘客数量超过了一定的比例，邮轮就会出现red level的警报。

而red level是针对邮轮sanitization（卫生处理）而言的。邮轮的日常卫生处理有三个等级，绿色级别（green）、黄色级别（yellow）和红色级别（red）。平时基本是绿色级别，如果发生一两起确诊的传染性疾病案例就会升级成为黄色级别，数量再多一些就是红色级别了。红色级别一出现，在此后的48小时内或者是此后的一整个航程，邮轮会采取强力的清洁工作，几乎是全员出动的节奏。

当红色等级出现的时候，对乘客几乎没有什么影响，但是船员就要辛苦了。

既然是卫生等级，就说明我们要不断地清洁和打扫卫生。

首先，去员工餐厅用餐的时候，自助餐都不自助了，改为有餐厅服务员亲自送餐盘和餐具，要点什么菜，也要和服务员说，然后由服务员盛给你。结果是，一到饭点，餐厅就排起长长的队伍，因为取菜速度变慢了，大家都得等着。而且菜的数量也会减少，尤其是肉类和生鲜。

作为摄影师，是员工中的staff级别，可以去14楼乘客的自助餐厅用餐，可惜在红色级别期间，就去不了了。

除此之外，各部门员工在红色级别期间，每隔一个小时都要把部门里所有客人可能接触的区域都清洁一遍。各部门的装饰物也会减少，以此减少乘客可能接触的物品数量。

而在每一个航程转换日，还会专门进行全船清洁，因为有红色级别，游客的登船时间还有可能被延迟。

无论是乘客还是海员，下港游玩的时候要格外注意饮食卫生和饮食安全。

而这一次的新冠病毒席卷全球，也会迫使邮轮产业对卫生监管情况做出进一步迭代提升。

邮轮生活（Life）

住宿

员工住宿免费。船上的住宿和宾馆一样，刷卡进入。住宿当然也分等级，officer拥有自己的专属房间，和一般乘客的房间设施一致，staff级别的员工房间基本是2人间，偶尔4人间，房间自带卫生间、衣橱、电视、柜子和桌子，每周可以请客房服务员来清扫。通常，邮轮四层以下是员工活动的地方，而staff的员工房间一般就在四层。crew级别的员工房间在第二、三层，位于海平面以下，一般以四人间为主，其他设施一致。

邮轮摄影师，作为staff级别的员工，在公主邮轮上都是以住双人间为主，上下铺，带独立卫生间，同一个部门的员工还会被安排在同一个区域，同性别的员工共享一间宿舍。当然，如果在邮轮上找了男朋友或者女朋友，可以向船员总办事处申请合住。

由于团队名额不足或者刚好同性别的人数呈现单数的时候，都有可能会出现一人独享宿舍的情况。而一旦这种机会出现，各种抢夺单人间居住权的明争暗斗就会开始上演，激烈程度可以堪比八点档宫斗剧。

不过，绝大多数情况下，大家还是会和来自五湖四海的舍友和平共处。

饮食

员工的一日三餐也是免费的。船上的饮食都是自助餐，到点营业，还有24小时不间断的点心和热水，可以自己随时自取。officer拥有自己的专属餐厅，设施豪华，有专门的服务生服务。staff也拥有自己的餐厅，餐厅有摆放好的刀叉、水杯，有船员服务，可以点选冰淇淋和酒类。而且staff在非忙碌的时段，可以前往14楼和游客一样一起用自助餐厅。而所有的crew共用一个餐厅，因为人数多，餐厅面积大，品种比staff的餐厅还略多，不过餐具都需要自取，没有服务生提供帮助。另外，如果还想要吃零食，可以到crew bar里付费购买。

安全

在邮轮上工作，最不用担心的就是安全了。因为大家都在一条船上，所以对安全最为严格，女生在船上工作也不用担心。但是也曾经发生过一起长官性骚扰女员工的案件，女员工可以及时向人力资源经理反映，另外船员可以和船员谈恋爱，但船员不可以和乘客谈恋爱，如果女员工在船上怀孕，会被立即开除。

制服

船上的制服也是免费提供的，不同的部门和岗位有属于自己的不同的制服。在入职的时候领取，每位员工都可以领到好几套制服，自己的衣服可以少带一些，因为基本很少穿到。

网络

船上的网络非常金贵，真是每一分钟都是黄金，当然给员工使用的有专门的网络，价格比乘客优惠。因为船上的网络是通过卫星送达的，网络速度很慢。通常，船员们总会趁着到港的时候赶紧跑到港口蹭免费的无线网络以节约上网费用。不过随着科技进步，以后在邮轮上网一定会越来越方便且便宜。

福利

船上的其他福利包括：医疗，看病买药都不用付费，不同邮轮在这一点上可能会有差别。有洗衣机和烘干机，也是免费使用。还有丰富工作人员生活的员工酒吧crew bar，员工拥有自己的游泳池、健身房，还可以唱卡拉OK、打电玩、打球，有图书馆，有电脑机房，有许多在线的学习资料，可以自己上机学习。只是大多数情况是员工们没有时间。

活动

邮轮为员工每天都准备了丰富的活动，比如电影之夜、卡拉OK欢唱之夜等，有时候还会举办各种有趣的比赛，比如大胃王比赛，最受员工欢迎的是刮刮乐，一张卡10美元，运气好可以获得3000美元奖金。这些活动举办时间都在晚上11点以后或者靠港日的中午，员工们都结束工作了，为员工们丰富生活用。

休假

船员的每一个合同是6~8个月，一个合同结束后可以休息至少一个月，休假也可以根据自己的需要延长，但基本至少一个月，在每个合同结束的两个月前会收到下一个合同的航线和时间。

签证

每一位海乘一定会需要的签证是美国的海员签证C1/D，以及出入境国家的签证。注意：这里的出入境国家指的是合同期内首次登船和最后离船的国家。比如走澳新线，在悉尼登船，当然需要澳大利亚签证，接着看离船时的国家，如果是澳大利亚境内城市离船就不需要其他签证了，如果是从新西兰城市离船，则需要新西兰签证。

海乘的签证办理只看登船和离船时的出入境国家，途经国家不需要签证。因为在邮轮上，邮轮会为员工开具身份证明。以公主邮轮为例，登船后，员工的护照全部上交crew office保存，员工会拿到一张具有类似身份证功能的卡，称为laminax，在每个港口出入只需要携带此卡并且扫描就可以了。

需要什么签证，一般第一个合同中介会帮忙办理，之后每一个合同会由邮轮公司直接邮件通知船员，船员按照邮轮公司要求办理就可以了。

摄影师工作内容（Job）

摄影师，主要职责之一就是拍照片，邮轮上的照片大体可以分为五类。

拍照

第一类是登船照片，游客们在上船的第一天基本都会拍照，设计师会对照片进行后期处理，搭配不同的边框。拍登船照是最累的，摄影部会提供背景，摄影师当天要起一大早搬运各种器材，由于客人多，一拍就可能要近四个小时，快门不停。

第二类是港口风景照。每到一个港口都会有拍照合影活动，摄影工作人员不仅要拍照，还有一部分人会需要提供"制服诱惑"，扮演成水手、海盗、鲨鱼等角色供游客留念。

第三类是专业肖像照片，分为休闲照或者正装照。通常在每天晚上都会有道具和布景提供照相服务，这些照片的效果有点类似于写真照。

第四类是晚宴照，每晚在餐厅用正餐的照片也都需要拍摄。

第五类是特殊活动照，比如和船长合影，和香槟塔合影或者活动纪念照等。

除此之外，还有特殊的拍摄服务，比如公主邮轮就有白金影像工作室，专门拍摄黑白系列的照片，很有质感。

邮轮摄影师对于摄影的技术要求反而并不太高，每一个摄影师都会有属于自己的相机，相机是船上提供的，拍摄各种照片的参数是由技术部人员统一设定的，每种类型的照片都有固定的ISO数值，光圈大小、快门速度和闪光灯设置，摄影师要做的仅仅是调整构图和按快门而已。不仅相机如此，对于拍摄物体也是如此，比如拍摄晚宴照，要露出一点桌子，不能有太多盘子，花和蜡烛不能出现，肩膀碰肩膀，手部姿势要自然（除非游客有特殊要求），对焦要在衣服和牙齿上等，这样的标准不仅可以加快拍摄速度，而且因为众口难调，照片效果一致反而是最好的选择。

销售

摄影师的另一个职责就是卖照片。照片拍完被影印出来以后都会被放到邮轮的影像长廊上，标上不同的价格搭配不同的套餐产品。除此之外，还有卖相机、器材以及相簿等和照片有关的物品。摄影师需要记住它们的价格以及套餐内容。摄影师平时不工作的日子都会被轮流安排到影像长廊，担任如销售员一般的工作。这也是让很多当初应聘这个职位的员工比较困惑不解的地方。既然是销售就会有业绩目标，每一条船在每一个航程都会有自己的预算指标，摄影师也需要为了业绩推销照片，有时候会觉得比起摄影师，其实更像销售员。不过，销售几乎是每个人都要学习的技能，从照片销售中能够学到许多知识。

总体而言，拍摄和销售是邮轮摄影师的两大最主要职责。

NO.1 嘉年华邮轮集团

嘉年华集团是全球最大的邮轮运营商，旗下共运营超过100 艘各式邮轮，除了自身的嘉年华邮轮品牌外，还拥有歌诗达邮轮、公主邮轮等近 10 个邮轮品牌。2018 年，中国船舶工业集团有限公司与美国嘉年华邮轮集团合作成立了中船嘉年华邮轮有限公司，是促进中国邮轮产业强劲并可持续发展的重要里程碑。

⎯⎯⎯⎯⎯⎯⎯⎯⎯⎯⎯⎯⎯⎯⎯⎯⎯⎯⎯ ⚓

嘉年华邮轮 Carnival Cruise Line

嘉年华邮轮公司是一家国际化的邮轮公司，总部设在美国佛罗里达州的多拉，是世界最大的邮轮公司，根据每年载客量和船队总船数，嘉年华邮轮公司在邮轮公司中排名第一。

⎯⎯⎯⎯⎯⎯⎯⎯⎯⎯⎯⎯⎯⎯⎯⎯⎯⎯⎯ ⚓

冠达邮轮 Cunard Line

冠达邮轮是一家英国邮轮公司和旅游品牌，由英国嘉年华公司运营，冠达邮轮总部位于英国南安普敦，是世界上最古老的客运公司之一。因为历史悠久，冠达邮轮非常注重传统，邮轮生活和室内设计都充满英伦格调，旗下船舶名

注：由于各大邮轮公司买卖船舶是常态，这里的邮轮公司名录为截止编写时的情况。

字也以女王或皇后命名，如玛丽皇后 2 号。值得一提的是，其前身白星邮轮，就是人们熟知的泰坦尼克号所属的公司。

---- ⚓

公主邮轮 Princess Cruises

公主邮轮公司由斯坦利·麦克唐纳于 1965 年创立，阿拉斯加航线是其品牌旗舰航线。公主邮轮拍摄过一部电视剧《爱之船》，共 10 季。因此公主邮轮也被称为"爱之船邮轮"。旗下的黄金公主号、蓝宝石公主号和盛世公主号曾来过中国。

---- ⚓

P&O 邮轮 P&O Cruises

P&O 邮轮公司分为英国 P&O 邮轮公司和澳大利亚 P&O 邮轮公司，其中澳大利亚 P&O 邮轮公司是世界上最古老的邮轮公司，可以追溯到 1837 年。主要运营航线在英国和澳大利亚。

荷美邮轮 Holland America Line

荷美邮轮在欧美是最大众的品牌,传统航线和小众航线都有,目的地遍布全球,航程从 2 天到 110 天不等,性价比较高。

歌诗达邮轮 Costa Cruises

歌诗达邮轮是一家意大利邮轮公司,创立于 1854 年,主要面向意大利邮轮市场,邮轮内外设计上充满意大利风格,歌诗达邮轮威尼斯号、赛琳娜号都曾服务于中国。值得一提的是,歌诗达邮轮是最早来到中国,以中国城市为母港,进行固定航线运营的邮轮公司,时间是 2006 年。

爱达邮轮 AIDA Cruises

爱达邮轮是一家德国邮轮公司,成立于 20 世纪 60 年代初,总部设在德国罗斯托克,主要面向德国市场。

世邦邮轮 Seabourn Cruise Line

世邦邮轮是一家高端小众的邮轮品牌，越是高端的邮轮，体量反而越小，乘客越少，服务员与乘客的比例越高，世邦是奢华邮轮的代表之一。世界其他专做奢华邮轮的品牌还有丽晶七海邮轮（Regent Seven Seas）、风星邮轮（Windstar Cruises）和银海邮轮（Silversea）等。

NO.2 皇家加勒比邮轮集团

皇家加勒比集团旗下除了有大家最熟悉的皇家加勒比国际邮轮和名人邮轮外，还有许多欧美小众品牌邮轮。

皇家加勒比国际邮轮 Royal Caribbean International (RCI)

皇家加勒比国际邮轮公司 (RCI)，前身为皇家加勒比邮轮公司 (RCCL)，于 1968 年在挪威创立。公司总部位于美国佛罗里达州的迈阿密，按收入计算是全球最大的邮轮公司，按乘客数量计算则是全球第二大邮轮公司。皇家加勒比一直追求建造更新、更大的船，目前世界最大、最豪华的邮轮就出自皇家加勒比。旗下的海洋光谱号、海洋航行者号都曾来过中国。

名人邮轮 Celebrity Cruises

名人邮轮是一家总部设在美国佛罗里达州迈阿密的邮轮公司，是皇家加勒比集团的全资子公司。由希腊的 Chandris 集团于 1988 年创立，主要航线在北美和南美。

NO.3 诺唯真邮轮 Norwegian Cruise Line（NCL）

诺唯真邮轮公司（NCL）也称为诺唯真，创立于 1966 年，注册于百慕大，总部位于美国迈阿密，目前是全球第三大邮轮公司。

其他知名邮轮品牌

大洋邮轮 Oceania Cruises

大洋邮轮公司服务于邮轮行业的高端市场，品牌定位于高

级和奢华之间。公司的航线致力于让游客获得一流的美食、个性化的服务和以目的地为中心的旅行体验。大洋邮轮公司还为世界各地偏远的旅行目的地安排了独具异国风情的游览行程，环球航线和洲际航线等长航线有不错的口碑。

地中海邮轮 MSC Cruises

地中海邮轮公司是世界上最大的私人邮轮公司，也是欧洲、南美和南部非洲的邮轮品牌市场领导者。主要航线在地中海和加勒比海，地中海邮轮总部位于瑞士，与地中海地区有深厚的渊源。

迪士尼邮轮 Disney Cruise Line

迪士尼邮轮是沃尔特·迪士尼公司的子公司，于 1996 年创立。迪士尼邮轮公司拥有巴哈马群岛的一个私人岛屿，被设计为迪士尼船只的专属停靠港。迪士尼将大量动画 IP 搬入邮轮，因此迪士尼邮轮非常适合亲子度假，主要航线在加勒比海。

维京游轮 Viking Cruises

维京是一家提供内河游轮、海上邮轮和探险邮轮的邮轮公司，其运营总部位于瑞士巴塞尔。

该公司有三个业务部门，分别是维京游轮、维京海洋邮轮和维京极地探险邮轮，以内河游轮最有名，在世界著名的观光河流如密西西比河、多瑙河、莱茵河上都有维京的身影，河轮模式可参考中国的三峡游轮。

海达路德邮轮 Hurtigruten cruise line

创立于 1893 年的挪威海达路德邮轮公司，航程目的地涵盖挪威、格陵兰岛、斯瓦尔巴群岛和南极洲，致力于展现目的地至真至纯的自然、人文和动植物风貌。倡导探险精神和环保承诺，打造与众不同的极地邮轮旅行。同样专做极地和探险型邮轮的还有夸克邮轮（Quark Expeditions）。

后记

感谢与反思 邮轮航向何方

2018 年结束邮轮工作回国后，大约耗费了半年时间，我整理出 20 万字的文稿，一本是邮轮摄影师的故事集，一本是邮轮游记。

《青春海上来：环游世界的邮轮摄影师》本来计划于 2020 年面世，但是突如其来的疫情打断了一切，邮轮产业受到很大影响，当然，这本和邮轮有关的书籍也就一拖再拖。闲暇之余，我就反复修改文中描写的词句，遇到的最大难点莫过于中英文的选择。在邮轮工作，英语是通用语，许多英语词汇在航海领域，或者在邮轮产业中有特定的含义，许多人物描写的对话内容，用英语写出来，才是最能还原当时感觉的，但是如果全部是英语，又会影响读者的阅读感受，所以最后选择了保留部分英语词汇的做法。交稿至出版社时，这本书稿已经修改了 6 次。另外，原定于在书中插入几幅和邮轮同事的合影插图，但出于肖像权的顾虑，最终没有选用。

回国之后，我开设过和邮轮有关的公众号，也建过海乘交流群，曾经有许多想做海乘的青年朋友私信问我：去邮轮工作好不好玩？值不值得？如何去？等一系列相关问题。我的回答一直很理性：根据个人意愿和个人能力，做任何选择都要对自己负责。

邮轮在中国的前一个黄金 10 年，产业链里存在许多不规范之处，比如海乘招聘。很多中介，为了利益，会不断怂恿或鼓吹年轻人上船，将邮轮工作宣传成拿美金、游世界的神仙生活。但这些年轻人其实对真实的邮轮生活认知极少，最后发现邮轮生活和自己想象的差距太大，白交了许多中介费。在正文的最后一章《如果你也想去邮轮工作》中，我结合自己经历，对一些常见问题进行了简单总结，希望对于想去邮轮工作的年轻人有所帮助。

而我写作这本书的最大目的也是希望能够告诉读者一个更客观、更真实的邮轮工作生活。因此，我放弃了只写自己的故事，而是用旁观者的视角写下与我共事过的邮轮摄影师们的故事，用更多人的经历，让读者可以管中窥豹，了解邮轮工作，了解邮轮产业。

作为中国人，我一直对中国文化很有自信，中国文化兼容并包，虽然邮轮是一个舶来品，但是中国与游船、与海洋有关的故事自古就有：京杭大运河，郑和下西洋，海上丝绸之路……年轻时的周恩来总理就曾从上海出发，乘坐法国邮轮"波尔多"号前往欧洲游学考察。我更相信，下一个邮轮产业的春天一定充满中国特色，政府指导、央企实施，伴随着更多政策的落地，邮轮的全产业链都会探索出更多的"中国模式"。

邮轮摄影师这个职业，会更多地受到来自科技的洗礼，更新迭代不可避免。邮轮摄影一直是邮轮文化的一部分，但就像我所感受的一样，邮轮上的时光比现实世界要慢上许多，在手机摄影已经越来越普遍，单反相机甚至航拍无人机都已飞入寻常百姓家的今天，邮轮摄影部门用的还是普通单反、柯达相纸，延续着人工放置相片、管理相片架的方式，就连售卖的相机还是普通数码相机，这些产品在以老年人为主要客源的欧美航线，还有一定吸引力，但是在中国，在东亚，摄影产品的销售份额对比其他邮轮一线销售部门如酒吧、免税店等已经萎缩太多。

科技变革已经发生，在我离开邮轮的那一年，公主邮轮旗下的盛世公主号已经引入了自助相片打印机，乘客只需要刷房卡，就可以在机器上挑选自己的相片。未来，邮轮跟拍、目的地旅拍、与特色摄影工作室合作拍摄也许会成为邮轮摄影的主流方式。

最后，感谢出版社的编辑团队，以极大的热情促成了本书的出版，感谢中国交通运输协会邮轮游艇分会郑炜航会长，感谢上海海事大学程爵浩教授，交通部水运科学研究院谢燮博士，招商局邮轮研究院郭歆，马来西亚国际友人刘富东（虎哥），曾经的海乘同事李昂，摄影师刘天甲，还有来自上海国际邮轮经济研究中心、中国船级社、各大邮轮公司以及各大海洋职业高校的各位海乘专业老师和学生们，还有一众热爱邮轮的行业人士的支持和交流。

星辰大海，扬帆远航！